窄门

[法] 安德烈·纪德——著
博雅——译

LA PORTE ÉTROITE

文化发展出版社
Cultural Development Press
·北京·

图书在版编目（CIP）数据

窄门 /（法）安德烈 · 纪德著；博雅译．—北京：文化发展出版社，2024.6
ISBN 978-7-5142-4339-0

Ⅰ．①窄… Ⅱ．①安… ②博… Ⅲ．①中篇小说－法国－现代 Ⅳ．①I565.45

中国国家版本馆 CIP 数据核字（2024）第 085352 号

窄门

作　　者：［法］安德烈 · 纪德　　译　　者：博　雅

出 版 人：宋　娜　　责任印制：杨　骏
责任编辑：孙豆豆　　责任校对：岳智勇　马　瑶
特约编辑：刘　川　　封面设计：仙　境
出版发行：文化发展出版社（北京市翠微路 2 号　邮编：100036）
网　　址：www.wenhuafazhan.com
经　　销：全国新华书店
印　　刷：三河市刚利印务有限公司

开　　本：880mm × 1230mm　1/32
字　　数：100 千字
印　　张：6
版　　次：2024 年 6 月第 1 版
印　　次：2024 年 6 月第 1 次印刷

定　　价：36.00 元
I S B N：978-7-5142-4339-0

◆ 如有印装质量问题，请电话联系：13321165353

前　言

PREFACE

早在1947年获得诺贝尔文学奖之前，安德烈·纪德就已经被公认为法国文化界的领袖。他之后的文学家如萨特、加缪等人，都将其视为精神导师。萨特在悼念文《活着的纪德》中说："近30年的法国思想，无论愿意与否，也无论是另以马克思、黑格尔或克尔凯郭尔为坐标，都应该参照纪德来定位。"

纪德去世至今已经七十多年，但他从未过时。他当初引起的争议，仍旧是人们今天谈论的焦点，如他为同性恋辩护、追求解放本能、反叛传统道德等等。同样，他当初带给人们的精神财富，至今仍旧受到追捧，如热爱真理、以人为本、尊重天性。

纪德的情感经历非常曲折，这对他影响非常大。他在15岁那年喜欢上了自己的表姐，多次求婚，均被拒绝。最终母亲在临死前替他求婚，他的表姐终于答应。但这是一段有名无实的婚姻，两人生活得并不美满。后来，纪德同另外一个女人生下一个女儿，这件事他的妻子始终被蒙在鼓里。25岁的时候，纪德在北非结识了王尔德，他开始认识到自己身上存在同性恋倾向，并沉迷于糜烂放荡的生活，从中寻求刺激。他公开抛弃宗教戒律和禁欲主义，追求人的本能释放，反叛传统道德，一时引起巨大争议。

纪德的洞察力非常敏锐，并且是一个追求思想、热爱真理的人。在他眼中，真理大于一切，为此他不惜得罪任何人。他曾经在小说中揭露宗教本质，结果罗马天主教会将他的书列为禁书；他原本喜爱德国文化，但对希特勒迫害知识分子的行为非常不满，并进行了抨击，结果第二次世界大战结束前他的书在德国被禁；他曾经像其他知识分子一样，对共产主义感兴趣，但当他亲自造访过苏联之后，立即批评了这种模式，结果他的书在苏联被禁。即便如此，纪德依旧我行我素，他是少有的做到思想与行动紧密一致的人。

纪德的处女作是《安德烈·瓦尔德的记事本》，出版于1891年，当时纪德22岁。这本书带有强烈的象征主义痕迹，苍白无力，但这不过是他的一次文学尝试罢了。1897年，他出版了《人间食粮》，获得巨大成功，被誉为

"不安的一代人的《圣经》"，成为他早期的代表作。

1902年出版的小说《背德者》为他带来了极大的荣誉。这本小说甚至引导了法国第一次小说革命。无论在思想上，还是文体上，这本小说都令整个文学界耳目一新。在思想上，作者宣扬背叛道德，冲破宗教和家庭桎梏，尽情释放人的自然本性，追求个人理想；在写作方式上，这本书摒弃了当时的传统小说模式，而是选择用法国古典文学模式，来阐述现代人的生存处境和思想追求。此后，现代与古典的融合，成了纪德作品的特色，也成为人们喜欢他作品的重要原因。

纪德唯一的长篇小说《伪币制造者》于1926年出版，这是纪德最成熟时期的作品，是他思想性和艺术性最高成就的代表。他在日记中称，这本书写完之后，他将死而无憾。故事中没有主要人物，也没有主线，而是几条线索一起推进，并且随时可能掺杂进一些议论，甚至是对小说创作方法的看法。书中的很多故事有头无尾，很多人物最后没有下文，呈现出一种眼花缭乱、缤纷万象的感觉。不过整本书杂而不乱，并且与当时的社会紧密连接，能从中窥见当时年青一代的那种惆怅和苦闷，时代感强烈。

本系列选取的《窄门》《田园交响曲》和《背德者》

都是纪德的代表作，合称“纪德三部曲”。作品都带有悲剧色彩，蕴含着作者对于人性与世俗冲突的思考。

纪德的作品非常早就传入了我国，引起了包括鲁迅在内的读者注意。这么多年过去了，他的价值不仅没有被时间埋没，反而越来越受到人们的重视。纪德的创作深受哲学影响，尤其是对人的内心世界和生命意义的探索。他的作品中融入了对人性、生命、爱情、自由等主题的深度思考，扩展了作品含义的多重性，展示了人们性格的复杂性，也增强了作品的生命力，成为后世研究者和爱好者不断探究的宝贵资源。

目　录

CONTENTS

表姐弟阿丽莎与杰罗姆，在诺曼底的乡下一起长大。渐渐地，爱情的种子在他们身上渐渐发芽。他们精神交融，幻想着完美爱情的降临。然而这爱情之门竟是一扇窄门，终究只有少数人能找到……

第一章

CHAPTER 1

我要讲述的这段经历，换作其他人，大概能据此写成一本大部头。然而，这是我的亲身经历，为此，我倾尽所有，并牺牲了自己的全部个性，最终能做到的只是将我的记忆大致记录下来。也许我的记忆既破碎又散乱，可是我并不打算为了让整个故事看起来连贯通顺，而编造一些东西加进去。我希望在将这段经历描述出来以后，能带给自己一些快乐，但若是在细节修饰中花费过多的精力，则会让这种快乐大打折扣。

我还不到十二岁的时候，我的父亲就去世了。父亲在世时，一直在勒阿弗尔做医生，母亲和我自然也住在那里。父亲去世后，母亲认为我们已经没必要在那里继续待下去了。为了让我能接受更好的教育，她便带着我移居巴黎。

她租了一套小公寓，就位于卢森堡公园旁边。跟我们一起住的还有弗拉罗·阿什步桐小姐，她曾经担任过母亲的小学老师。当时，她孤身一人，于是过来与母亲做伴，两人很快便成了密友。这两位女士一直陪伴在我身边，她们终日身着丧服，并有着相似的温和哀伤的表情。在父亲死后，有很长一段时间都是如此。后来，忽然有一日，装饰在母亲帽子上的缎带变成了浅紫色，我大吃一惊，要知道，在此之前，这东西可一直都是黑色的。我不由得叫道：“哎呀！妈妈！这种颜色一点都不适合你！”

翌日，原先的黑色缎带便又出现在了妈妈的帽子上。

我的身体很差，母亲与阿什步桐小姐一直对我呵护备至，什么活儿都不让我做。要不是我对学习情有独钟，非被她们惯成一个懒孩子不可。每当夏季到来之际，两位女士便会断定我面色欠佳，需要到乡间呼吸一下新鲜空气。所以，每年六月中旬，我都会跟随她们到风格斯马尔庄园去。那里地处勒阿弗尔的郊野，我的舅舅布柯兰就在那里居住，每回都是由他招待我们。

舅舅家的花园既不漂亮也不宏大，事实上，整个诺曼底地区的花园都是这样的。他家的住所跟一个世纪以前的田舍差不多，是一栋三层高的白色小楼。小楼面向西侧的花园，前面的墙壁上总共开了二十余个大窗，后面的墙壁也是一样。方形的玻璃镶嵌在大窗上，那些看上去格外明亮的玻璃都是刚刚换上去的，至于它们那些老旧的玻璃同伴则显得晦暗无光。有的玻璃被大人们戏称为“泡泡玻璃”，实际上就是一些玻璃次品。透过它们向外望去，树木全都变得歪歪扭扭，路过的邮差也会变成驼背或是大肚子。

花园的周围是四面墙，中央围成一个矩形。屋前是一大片浓荫遮挡的草地，一条由石子铺成的小道环绕在周围。透过一堵矮墙，可以看到花园的四周都被庄园围起来了。当地人都会在庄园的边缘种上山毛榉作为界线标志，从这里便可以望到这座庄园的边缘。

小楼后面的花园面积更为宽广。南墙下种着葡萄牙月桂树，以及几棵枝繁叶茂的大树，一条小道铺设其间。海风被树构建起的屏障牢牢挡在了小道以外。北墙那边同样树荫浓密，树下同样铺设了一条小道。这条小道被我的表姊妹们称为“黑色幽径”，天色稍暗便无人敢步入其间。沿着小道往前走，一片菜园就位于几级台阶下面，这也是花园的一部分。菜园旁边的墙上有一道小小的暗门，走出去便能见到一片低矮的树林，那正是作为庄园围墙的山毛榉汇合的地方。矮树林背后是一座高坡，农作物就长在那高坡上面。村里的教堂也在这附近，如果是在黄昏时分，便可以望到村民家中的烟囱里升起了袅袅炊烟。

夏季的傍晚，天气晴好，我们用过晚餐，就会来到那片菜园，从暗门出去，踏上一道高高凸起的林间幽径，将四周的一切尽收眼底。那时候，母亲、舅舅、阿什步桐小姐就会坐到已经荒弃的矿场的草棚附近。山谷之中到处都是雾气蒙蒙，在不远处的树林上方，天空已是一片金黄。天色不断变暗，我们却停留在花园之中舍不得回去。舅妈极少参与这样的活动，每次我们回去的时候，都能在客厅中看到她的身影……属于孩子的晚间活动便只有这些，之后，我们便会进入卧室，准备休息。在准备的过程中，我们经常会读一阵子书。过不了多久，就会传来家长们上楼睡觉的声音。

我们的一天基本上都耗在了花园和读书室中。在舅舅原先的书房里摆放几张课桌，就变成了我们的读书室。在这里学习的时候，我总是跟洛贝尔表弟坐在一块儿。我们的身后坐着朱丽叶与阿丽莎。阿丽莎比我大了两岁，朱丽叶则比我小了一岁。洛贝尔是我们四个之中最小的一个。

我不是想要将自己一开始的记忆写出来，可是与这个故事联系密切的，却仅有一开始的这段记忆。父亲去世的那一年，正是这个故事开始的时候。我生来就很敏感，在服丧期间又受了不小的刺激，这种刺激或许并非源于我自身的伤痛，而是源于母亲终日在我面前流露出来的伤痛。这种刺激使我的心智异常早熟。所以，当年我们再度到达风格斯马尔庄园的时候，朱丽叶与洛贝尔在我眼中就越发变成小孩子了。然而，在看到阿丽莎时，我骤然醒觉到，我与她都已经长大了。

确实是在父亲辞世的那一年，我没有记错。因为在我们抵达庄园后不久，我曾听到母亲与阿什步桐小姐的谈话。当时，她们两个正在房中交谈，我无意之中闯入，听到她们正在讨论舅妈。母亲因为舅妈没穿丧服而感到愤怒。不过，我真是想象不出舅妈身穿黑衣服会是什么样子，就如同我已想象不出母亲身穿浅色衣衫时的模样。在我的印象之中，舅妈吕西尔·布柯兰在我们抵达庄园的时候，穿的是一件纱裙。阿什步桐小姐向来喜欢和稀泥，她竭尽全力劝慰着母亲说："在服丧期间，穿白色的衣服也是可以的。"

母亲叫道："那您认为在服丧期间，她系一条红纱巾也是合情合理的了？弗拉罗，别再说这些废话了！"

每年我与舅妈见面的时间都集中在这几个月的假期

里。我总是看到她身穿低胸薄衬衣，这显然是因为夏天的天气实在是太热了。她那条红纱巾固然叫母亲不满，但是更叫母亲愤怒的却是她这种暴露的衣着。

吕西尔·布柯兰是个地地道道的美人儿。我收藏了一幅她的肖像画，她的美丽在其中展露无遗：她看起来非常年轻，两个女儿就在她身旁，三个人看起来就像姊妹一样。她侧身坐在那儿，头稍稍往下低，轻轻贴住自己的左手，她细长的手指蜷曲起来，贴到了自己的嘴唇边上，看上去很是活泼。她浓密的卷发垂在脑袋后头，用一张发网兜了起来。一条黑色的丝带从她的低胸衬衣的领口中露出来，丝带上吊着一个意大利饰品。她腰间系着一条黑丝带，并打了一个漂亮的结，在她的椅背上还挂着一顶宽边草帽，这两样东西让她的年纪看上去更小了。此外，她的右手中还拿着一本书。

作为一名克里奥尔人，吕西尔·布柯兰很早便失去了双亲，也不知她对他们有没有印象。母亲对我说，她要么是个孤儿，要么就是被亲生父母遗弃了。那时候，恰好渥迪埃牧师的妻子尚未生育，于是就收养了她。没过多长时间，他们一家便从马尔提尼岛搬到了勒阿弗尔。由于布柯兰家也住在那里，所以两家便开始不断往来。那时，我舅舅正在外国的某银行中任职，过了三年才回来。他对吕西尔一见钟情，马上就向她求婚，这让他的父母以及我的母亲都非常难过。吕西尔当时只有十六岁。在收养了这名养女之后，渥迪埃夫人又有了两名亲生子女。她觉得这名养女的言行举止变得越来越怪异，唯恐会对自己的亲生子女造成不良影响。除此之外，他们家的收入不高也是一个原因……母亲对我说这些，就是希望我能清楚渥迪埃一家能如此痛快地答应求婚的原因。我自己也在想，当吕西尔长大成人以后，渥迪埃一家便感受到了一种威胁。对于勒阿弗尔当地的习俗，我深有体会，人们绝不会善待那名美丽的少女。其后，我与渥迪埃牧师见了面，他是个非常善良天真的大好人，在面对他人的算计时，简直无所适从，若是有人想要害他，他连反抗的能力都没有。那时候，他必然已经束手无策了。对于他的太太，我却无缘得见，因为她生育第四个孩子的时候遭遇难产，不幸去世了。她最后生下的这个孩子是我的同龄人，之后更与我关系密切。

吕西尔·布柯兰与我们的生活基本没有交集：她每天都在用过午餐之后才走出卧室，接下来便会在长沙发或是吊床上一直躺到黄昏时分。她总是将一条手绢放在额头上，像是为了擦汗才放在那儿的，但实际上她并不出汗。那是一条极其精致的手帕，并释放出幽幽的香气，不是花香，更像是水果的香气。她腰上挂着一条表链，上面吊着许多小玩意儿，其中包括一面小银镜。她经常会将它取下来，对镜自照，并用手指尖沾一点口水涂抹在眼角上。她手里总是拿着一本合拢的书，里面放着一枚书签。她一味沉浸在自己的世界中，就算旁边有人经过，她也不会注意到。当她感到乏味的时候，时常会有一条手绢，一本书，一朵花，一枚书签从她的手里，从长沙发的扶手上，从她的裙子里跌下来。当然，有时候这些事情的发生，纯粹是她无意识的行为。我小时候曾有一次捡到了她的书，是一本诗集。这件事叫我感到很害羞。

晚餐过后，大家会到一张桌子旁边团团围坐起来，但是吕西尔·布柯兰却开始弹钢琴。她弹奏的是肖邦的玛祖卡舞曲，当弹到某个和音的时候，琴声有时会突然中止……

在面对舅妈的时候，我总是觉得浑身别扭，心里有种情感的萌发，像是爱情，又像是畏惧。可能是直觉在告诫我，要对她有所提防。另外，我能感觉到她对我母亲和阿什步桐小姐的轻蔑，以及阿什步桐小姐对她的敬畏。当然了，也因为母亲对她素无好感。

吕西尔·布柯兰，我不愿继续憎恨您，不如先将您带给我的巨大创伤放到一旁吧……现在，我在说起您的时候，必须要采取一种十分客观的态度。

由于身处同样的环境，所以在我的脑海中，我在那座庄园之中的种种经历总是会不断交错，甚至一片混乱。我已经记不清到底是在那年的夏天，还是在第二年的夏天，总之，有一回，我为了寻觅一本书而进入客厅，恰好看到舅妈正待在那里，我旋即就想逃离。舅妈一向对我熟视无睹，没想到这一次她却把我叫住了："杰罗姆！你为什么一进来就想走啊？莫非你觉得我很恐怖？"

我的心跳得厉害，但也只能朝她走了过去。我努力冲着她装出一张笑脸，还向她伸出了手。她拉住我的手，同时用另外一只手摸着我的脸。

"可怜的孩子，瞧你母亲给你穿的这是什么衣服……"

她一面说一面揪扯起了我身上那件水军服。

"水军服要把衣领敞开穿！"

说着，她便将我的一粒纽扣扯了下来。

"瞧！你现在看起来就漂亮多啦！"

她一手拿着小镜子，叫我把脸紧贴到她的脸上。她的胳膊勾在我的脖子上，一面往我的上衣里摸索，一面笑眯眯地问我是否怕痒。这样问的时候，她的手不停地向下游走……我一下子跳起来，挣脱了她的束缚，身上的衣服也跟着被撕烂了。我的面孔像烧起了火一样。她高叫道：“原来是个傻瓜！”

我一溜烟跑进了花园里，将手绢浸入浇地的水塘中打湿了，贴到额头上。然后，我便将自己的脸、脖子等所有被她摸过的地方全都使劲搓洗了一番。

吕西尔·布柯兰时常会冷不丁“发病”，把家里弄得一片混乱。每到这时，阿什步桐小姐便会马上找个借口将孩子们全都带离。但是，孩子们依然会不断地听到从客厅或是卧室里传来的恐怖的叫声。舅舅慌乱地在走廊中东奔西走，又是拿毛巾，又是拿花露水，又是拿乙醚。直到用餐时，舅妈依然没有出现。舅舅看起来忧心忡忡，像是一下子就衰老了好多岁。

每当犯病的过程将要结束之际，吕西尔·布柯兰便会将朱丽叶和洛贝尔叫到自己身旁。这种事情阿丽莎从来不参与，她在这样的特殊时期，总是将自己关在房间里。由于她经常会跟舅舅交流，所以舅舅有时候也会去探望她。

用人们被舅妈的病情吓得不轻。某个晚上，舅妈的病情加重。那时，我正待在母亲那间房里，对于客厅的情况并不了解，不过，我还是听到走廊上有个女厨子一面跑一面大声叫道：“快，快叫老爷下楼来，太太就快不行啦！”

那会儿，舅舅正待在楼上阿丽莎的房里。母亲去那边找他，过了十五分钟，两人走出来，走过母亲卧室旁边的一扇打开的窗户。他们并没有发现我正在房间里待着，只听母亲说道：“一定要我直接说出来吗？她就是在装模作样。”她将“装模作样”几个字接连重复了好多遍，每一遍的吐字都异常清晰。

发生这件事的时候，父亲已经离世两年了，而那年的假期也快要走到尽头。之后有很长一段时间，我都没再看见舅妈。这个家被她搞得混乱不堪。然而，在此之前，还发生了一件小事。在这件小事发生之前，我对吕西尔·布柯兰怀有的感情，还是非常懵懂且困惑的，但在此之后，我对她却只剩了憎恶。在详述这些内容之前，我想先说说我的表姐。

阿丽莎·布柯兰是个美人儿，不过，那时的我尚未意识到这一点。她最吸引我的不是漂亮的外表，而是一种别致的韵味。她的外貌与她的母亲很相像，可是当我意识到这一点时，时间已经过去很久了。至于我一直没发现这一点的原因，就是她们母女俩截然相反的眼神。我难以详述阿丽莎的容貌，因为我已经忘掉了她的脸型、五官，甚至包括她眼睛的颜色。我还有印象的就是她那种忧伤的神色，即便是在笑的时候，也难掩其中的忧伤。除此之外，还有她那对高高挑起的眉毛，我从未看到谁的眉毛有那样的曲线……这样说也并不准确，因为我曾经在一座雕像中见到了这样的眉毛。我觉得小时候的贝雅特丽奇[①]应该也有类似的一对高高挑起的弯眉。阿丽莎的眼神，甚至是她整个人都因为这样的眉毛而变得充满了好奇心，并在她的神情之中表露无遗。她全身上下都写满了好奇与企盼……接下来，我会说明，我是如何被这种好奇深深吸引住的，我的生活又是如何被这好奇掌控的。

单看外表，朱丽叶可能要比阿丽莎更美。朱丽叶整天生机勃勃，活泼健康。不过，这种完全展露在外部的美貌，一眼便能看完了，与阿丽莎那种深沉的雅致完全不可同日而语。我那洛贝尔表弟跟同龄的男孩子没有任何区别，看上去非常普通。我跟洛贝尔和朱丽叶在一块儿的时候总是在玩，但跟阿丽莎在一块儿的时候却总是在交流。我们的游戏对阿丽莎没什么吸引力。在我的印象中，她似乎一直都是那样，脸上一直带着那种表情，微微含笑，又暗自沉思。我跟她在一起的时候，在交流些什么呢？不过是两个

① 贝雅特丽奇：佛罗伦萨少女，但丁《神曲》中的圣女。

孩子，能交流什么？对于这个问题，不久之后我会给出解答。现在，我要先把舅妈的事情说完。

父亲死后两年，又到临近复活节的时候，母亲带着我到勒阿弗尔过节。我们并未住进布柯兰家位于城中的房子，因为那地方的面积不够大。我们来到母亲的一个姐姐家中暂住。我的这位姨妈名叫菲力希·普朗蒂埃，住在一座相当大的房子里。她的丈夫在很多年前就已经去世了，我基本没跟她见过面，对她的子女也不熟悉：他们的性格与我有着很大的差别，年纪也比我大很多。普朗蒂埃姨妈的房子位于一座山上，而非勒阿弗尔市区。在这座房子之中，能够俯瞰整座城市的风光，而繁华的市区就在附近。这里有一条小道非常崎岖，但是很便捷，每天我都会从小道中走上好几回。

有一天，我去舅舅家吃午饭。刚吃完饭没多久，他便要出去了。我跟着他一起走到办公室门口，之后我便返回了山上普朗蒂埃姨妈的房子中。那时候，母亲已经跟姨妈出去了，要到晚上用餐的时候才会回来。我便马上下山来到市区，以往我基本没什么机会到市区来玩。当时，海上起了雾，码头上一片灰蒙蒙的。我在那里待了一两个钟头，来来回回地漫步。忽然之间，有种愿望在我心里萌发出来。

我想回去见阿丽莎，给她一个意外惊喜，虽然我们刚刚才见过面……我疾步从市区之中穿行而过，很快便将布柯兰家的门铃按响了。门开了以后，我马上就要上楼，女用急忙拦下我，说："杰罗姆先生，别上去！太太又发病了。"

我并不打算理会她，我说："我上去又不是为了探望舅妈……"二楼是客厅和餐厅，阿丽莎住在四楼，三楼则是舅妈的房间，有说话声从里面传出来。我要去见阿丽莎，就一定要从舅妈门前经过。房门敞开着，一道光从里面射出来，走廊被分割成了一明一暗的两道。我担心会有人看到我，迟疑了一会儿，就躲进了暗的那一道中。这时，房间内部的景象映入我的眼帘，叫我不禁大吃一惊：只见所有的窗帘都已拉拢，房内点着两支大蜡烛，看上去喜气洋洋的，舅妈正在位于中间位置的长椅上躺着，朱丽叶和洛贝尔就守在她身旁，有个素未谋面的年轻人站在他们背后，他身上还穿着中尉的制服。在这样的情况下，怎么能叫两个孩子待在这儿呢？不过，那时的我尚未能醒悟到这一点，竟然认为这种安排并无不妥之处。

他们全都笑眯眯地望着那个年轻人。年轻人用一种悦耳的调子，来来回回地絮叨着："布柯兰！布柯兰！……如果我拥有一只绵羊，便将这个名字赐予它。"

舅妈哈哈笑起来。她把一支烟递到年轻人手中。年轻人将烟点着以后，她又拿回来，只吸了几口就弃置在地。年轻人俯身去捡，借机佯装被一条披肩绊了一下，然后便在舅妈眼前跪下了……这样的情景看起来既虚伪又滑稽，我急忙借着这个机会，悄悄地从门口溜走了。

我在阿丽莎的门前静立了一阵子，有欢声笑语不断从楼下传到我的耳中。我抬手敲门，可能是那阵欢声笑语将敲门声压下去了，所以我并未听到门内有什么回应。我伸手一推，门竟然静悄悄地打开了。室内的光线非常暗淡，起初我根本没看到阿丽莎。后来才发现她在床头上跪着，从窗户里射进来的一抹夕阳落在她的背后。我走上前去，她并未起身，只回头嘟囔道："啊，杰罗姆，你怎么又回来了？"

我弯腰亲吻她，她的眼泪不停地流了出来……

我的人生就因为这个瞬间改变了。眼下，再度回忆起当日的情景，我依然觉得满心惶遽。那时候，我并不太清楚阿丽莎为什么会这样痛苦，然而，有一件事我再清楚不过：阿丽莎单薄的身躯和脆弱的灵魂，完全承受不住如此强烈的痛楚。

她一直跪在那儿，我便怔怔地立在她身边，找不到法子向她倾吐我的热情勃发。于是，我紧紧抱住她的头，贴到我的胸膛上，同时深情地亲吻着她的额头。爱情、同情、热情、牺牲将我彻底迷醉了，我懵懵懂懂地沉浸其中，拼命向上帝乞求，只要能让这个女孩远离一切伤害，我情愿放弃所有。我默默祈祷着，之后便跪下来将她拥入怀中。我听到她含混不清地说道："杰罗姆！你还没被他们发现，对吗？那你赶紧离开这里吧！不能让他们发现你在这里。"

接下来，她用更加低沉的声音说道："杰罗姆，别对其他人说起这些……父亲还不知道有这样的事呢，他实在是太可怜了……"

我没有对母亲提及这件事。不过，母亲经常与普朗蒂埃姨妈在一起窃窃私语。她们看起来很伤心，也很焦虑，但是又不能让其他人帮忙分担。每当我走近她们身边时，两位女士便会停止这种神秘的交谈，驱赶我说："孩子，去别的地方玩吧！"根据她们的表现，我可以推测出，她们对布柯兰家中不可告人的秘密也有所了解。

回到巴黎以后，我们收到了一封电报，得知舅妈已私奔。

母亲当即返回了勒阿弗尔，阿什步桐小姐则留下来照顾我。我问阿什步桐小姐："她是跟什么人私奔了吗？"

阿什步桐小姐说："我也说不上来，还是等你母亲回来的时候，你再问问她吧。"这件事叫阿什步桐小姐也大吃一惊。

两天以后，我们两个一起去找母亲。那天是周六，我满脑子都在想着同一件事——明天我便能在教堂里与我的表姊妹会面了。那时，我还是个孩子，唯一在意的就是这件事。老实说，舅妈那件事根本就不能引起我的关注，另外，我也不会向母亲询问这件羞耻的事。

翌日早上，只有很少的人来到了教堂。显而易见，渥迪埃牧师今天就是故意想要宣扬耶稣的一句话："你们要努力进窄门。"

阿丽莎坐在我前面的位置上，中间错开了几个人。我的视线所能触及的只有她的侧脸，于是，我便怔怔地盯着她神游天外。我觉得连这一刻回响在自己耳畔的圣经，似乎都是由她传达到我这里的。舅舅正在母亲身边哭。

牧师念道："你们要努力进窄门。因为通往灭亡的门是宽的，路是阔的，进去的人很多；通往永生的门是窄的，路是狭的，找到的人很少。"然后，他开始逐一解释上述内容，先是解释宽路……我像是在做梦一样，灵魂已经出了窍。我再度见到舅妈的那间房，见到舅妈开心地躺在里面，那名中尉跟她一起笑个不停……快乐已经变身成为屈辱与伤痛，像是一种可耻的张扬，简直罪大恶极……

渥迪埃牧师说道："进去的人很多。"然后开始解释这一句。我看到很多人穿着华服，排成一列很长的队伍，一面前行，一面嘻嘻哈哈地笑闹着。我不想加入他们，否则，我便会距离阿丽莎越来越远。——这时，牧师再度说起了最开始的那句话，我看到了那道所有人都应努力挤进去的窄门。在我的幻想中，那道窄门就跟轧机一样，我忍受着巨大的痛楚，好不容易才挤了进去。不过，我确实能从中感受到上帝所赐之福。接下来，窄门忽然化身成为阿丽莎的那扇房门，我拼命将自己的身体缩起来，摒除心中的一切杂念，一心一意想要挤进去……渥迪埃牧师说道："通往永生的门是窄的……"我能想象得到，当苦难与悲哀到达一种极致的时候，快乐将取而代之。对于那种快乐，我向往已久，那是一种神秘莫测而又纯净无瑕的快乐，如天使一样。那快乐被我幻想成为一支小提琴曲，柔和，但又能穿透人心。它又仿佛烈火一般，能将我与阿丽莎的心焚烧殆尽。我与她穿着圣洁的白衣，拉着手，迈向同一个方向……孩子的幻想就是这样可笑，但是又如何呢？我只是按照实际情况一五一十地写出来，如果这样依旧不能表述清楚其中蕴含的感情，那也只是因为我文采不足的缘故。

最后，渥迪埃牧师说道："找到的人很少。"他补充说明道，要想找到窄门，应该采取怎样的行动……很少有人能找得到，但说不定这为数不多的幸运儿中就包括我。

礼拜将要终结时，我紧张极了。结束的一刹那，我落荒而逃，甚至没往表姐那边多看一眼。我这样做，无非是因为内心的骄傲。我已下定了决心，现在就是验证这种决心是否坚定的好时候。我觉得要使自己能够与她相匹配，就一定要马上离开她。

第二章

CHAPTER 2

我的内心深处对这类严格的戒律极为认同。除了我与生俱来的责任感之外，父母对我的榜样作用同样不可小觑，我青涩的激情被清教徒的戒规压抑下去，再度被引入正途，对高尚的品德推崇备至。自我约束对我而言，就如同呼吸一样自然，这与有的人毫无忌惮地自我放逐是同样的道理。我并不厌憎如此严厉的束缚，恰恰相反，我对它欣然接受。我更享受追求幸福的过程，而非最终的结果。在追求幸福的过程中，高尚的品德也将随之到来。然而，当时我只有十四岁，还是个孩子，有许多条道路在前方等着我。不管日后我变成什么样子，都是有可能的。不过，我的发展道路很快就定了下来。之所以会这样，就是因为我对阿丽莎的爱。仿佛是在一个瞬间，我豁然开朗，了解到真正的我到底是什么样子的。先前，我一直认为自己是个很内敛的人，对其他人的事总是提不起兴趣，而且也没有多么强烈的上进心，唯一想要提升的，就是自我控制的能力。因此，尽管我对未来有无数的幻想，但是我的发展前景却并不理想。对于学习，我非常感兴趣，但是对于游戏，除了那些烦琐复杂的，我都没什么兴趣。我跟我的那些同学虽然是同龄人，但平日里只会因为礼貌的关系偶有往来。阿贝尔·渥迪埃是个例外，他是我的朋友，并于翌年转学，来到巴黎，成为我的同班同学。尽管这个男孩子有些散漫，但是很讨人喜欢。我并不十分敬佩他，却与他亲密无间。我可以对他说起勒阿弗尔以及风格斯马尔庄园，我的身体虽然待在别处，但我的思想总是徘徊在这两个地方。

洛贝尔·布柯兰，我的表弟所在的中学跟我是一样的。他寄宿在学校中，年级比我低两级。除了周日以外，我们平时根本见不到面。他要不是有那两个姐姐，我只怕连跟他见面的兴致都没有，因为他的外貌跟我那对表姊妹简直没有半分相似之处。

那时候，我的心被爱情占满了。我之所以如此看重这两个朋友，完全是由于爱情的光辉。《马太福音》里提到了一颗珍珠，价值连城，阿丽莎便如同那颗珍珠，我立誓一定要得到她，就算为此倾家荡产都在所不惜。当时，我只是个没长大的孩子，我认为自己爱上了表姐，对于这份爱情，我已经说了这么多，可我这种做法是否正确呢？我认为，那时我对表姐的感情是我一生之中最纯粹的爱情。后来，我的阅历不断增加，却再也没找到过这样的爱情。我对表姐的爱一直都维持着当年的纯粹，本质上没有发生任何改变。即便是后来我长大了，切身体会到何谓欲望之后，也同样如此。能够与表姐相匹配，是我当时最大的期望。长大以后，我对阿丽莎也从未起过占有之心。我做的所有事情，诸如勤奋读书，乐善好施等，全都是为了阿丽莎。我悄悄地做着这些事，另一种更为崇高美好的品德也就此产生：我做这些事，全都是为了她，但她并不知情，而我甚至也不想让她知情。这是怎样的一种自我压抑啊，连自身的快乐都可以基本无视，而我竟沉迷其中，无法自拔。渐渐地，我习惯了做这些艰难的事情，那些毫无难度的事情已经无法取悦我了。

莫非只有我一个人被这种好胜之心所鼓舞？尽管我为她做了这么多，但她却什么都没为我做过。对于我的做法，她到底有什么感受，我根本就觉察不到。她依旧像从前那样，拥有一颗纯真质朴的心，美得纯粹至极。她的端庄与优雅无处不在，绝无丝毫矫揉造作。她的笑容带些童真稚气，使她肃穆的眼神看起来异常吸引人。我时常在一晃神的工夫，眼前便会浮现出她那双眼睛，温柔至极，却又含着些许质疑。为何舅舅每次没了主意，都要去找阿丽莎，让她给自己安抚，帮自己想办法，让自己重获力量，个中原因我已经想清楚了。翌年夏天，舅舅跟阿丽莎在一块儿交流，这已经成了家常便饭。由于过度悲伤，舅舅看上去比以前老了好多岁。吃饭的时候，他基本不说话，只在极偶然的时刻，勉强跟大家一起说说笑笑。不过，他这样勉强自己，反而更叫大家觉得于心不忍。所以，我们宁愿他一直保持缄默。白天的时候，他总是在书房中待着，并接连不断地抽烟。黄昏时，每回都要阿丽莎过去求他老半天，他才肯答应跟她一起去散步。阿丽莎领着他来到花园中，那情形就像领着个小孩一样。顺着花园的小道，父女俩一直走到菜园台阶那边的环形路口才停下来。那里有张长椅，两人就在那张椅子上坐了下来。

有一天，我在一株山毛榉下的草地上读书，一直读到黄昏时分。花园的小道跟此处只隔了一道树篱。我虽然看不到那边的情景，却能听到那边的声音。舅舅和阿丽莎刚才明显是在谈论洛贝尔。随即，我又听到了自己的名字，是阿丽莎提到了我。我听到他们父女的声音越来越清晰。舅舅大声说道："啊！他一直都那么热爱读书。"

我并不想偷听别人的谈话，却一不小心就扮演了这样一个不光彩的角色。我想，要么就马上离开这里，要么就提醒他们注意到我的存在。如何提醒他们呢？是咳嗽？还是直接冲他们大叫："喂，是我！你们说的话，我全都听到了！"不过，我终究是一句话也没说，因为我觉得很窘迫，压根儿没有勇气说什么。我的好奇心倒不至于这么旺盛，巴不得能多知道一些别人的谈话内容。想来他们之间的谈话，能传到我耳中的并不多，因为他们不过是从这里经过而已……可惜他们行走的速度实在是太慢了。阿丽莎一定随身带着一个篮子，沿途将萎谢的花摘下来，将凋落的橄榄果实捡起来，就像她以往所做的那样。她那清脆响亮的声音在我的耳边响起："爸爸，帕里西埃姑丈是不是很优秀？"

我没有听清舅舅是如何回答她的，因为他的说话声音很低，而且含糊不清。

阿丽莎又问他："你说他很优秀？"

舅舅依旧用一种含混的声音回答了她的问题。

阿丽莎问他："你觉得杰罗姆是个很机灵的人吗？"

为什么我不努力聆听一下，他们在说什么呢？……可惜，还是一片模糊不清。不管我怎么努力，都是徒劳。

只听阿丽莎再度问道："你觉得他将来能变得很优秀吗？"

舅舅终于大声说道："孩子，首先我得搞明白一件事，对于'优秀'的标准，你是如何界定的！一个人尽管表面看起来并不优秀，也没有人觉得他优秀，但他可能偏偏就是一个优秀的人，上帝也认为他是个极其优秀的人。"

阿丽莎说："这正是我的评判标准。"

"话说回来……杰罗姆眼下还太小了，谁能预测以后会发生什么事呢？以后，他一定会有所作为。不过，单单是有所作为，还算不上一个优秀的人……"

"那还要加上什么？"

"哎，我如何跟你解释呢？自信、支撑、爱情也是非常重要的……"

阿丽莎急忙问他："你说的支撑具体是指什么？"

舅舅的情绪很低落，他说："支撑，就是在我的一生之中最为缺失的感情，以及尊重。"随即，我便再也听不到他们的说话声了。

我觉得很惭愧，虽然我并不是故意的，但我到底还是做了一个不光彩的窃听者。晚上做祷告时，我下定决心，一定要就此事跟表姐道歉。我之所以这样做，倒有可能是因为好奇心没能得到满足的缘故。

翌日，我刚开始说起这件事，马上就被表姐打断了。

她说："杰罗姆，你不应该这么做的。当时，你要么就离开，要么就提醒我们一句。"

"我并不是有意要偷听你们的谈话，这一点我可以发誓……我纯粹是无心之失……更何况，那里不过是你们路过的一个地方。"

"我们行走的速度非常缓慢。"

"没错，但是我并没有听清你们的谈话，基本上就没有听到……你问舅舅，要想成为一个优秀的人，究竟要具备哪些能力，他给出的答案是什么，你能告诉我吗？"

阿丽莎笑道："杰罗姆，你开什么玩笑啊！你明明全都听到了，哪里用得着我再絮叨？"

"我发誓，我听到的只有最开始的部分……我听到舅舅说，自信与爱情是很有必要的。"

"他又提到了其他很多要素。"

"你是如何回应他的？"

阿丽莎的神色骤然凝重起来。

“他提及支撑。人生在世，需要他人的支撑。于是，我便说，你的母亲会支撑你的。”

“啊！阿丽莎，母亲没办法一生一世都陪在我身边啊，这一点你不会不清楚吧？……更何况，我并不觉得舅舅所说的‘支撑’是这种性质的……”

阿丽莎垂首说道：“爸爸也跟我说了一样的话。”

我的手哆嗦着，将她的手拉起来。

“不管我日后会心甘情愿地变成什么样子，那全都是因为你的缘故。”我这样对她说道。

“杰罗姆，但是我说不定也没办法一生一世都陪伴在你身边。”

我恳切地说道：“但我会一生一世陪伴在你身边。”

阿丽莎肩头微耸，说道：“所有人都要独自一人走到上帝身边，你也一样。你要勇敢地走你自己的路，不要总想叫人来陪你。”

“我需要你做我的领路人啊。”

“你已经有现成的领路人了，就是上帝。我们相距最近的时候，正是我们忘记对方，向上帝做祷告的时候，你说对不对？”

“没错，每天早上和晚上，我都会向上帝祷告，祈求他能让我们两个在一起。”我说。

“何谓在上帝面前合二为一，你还是没搞清楚吗？”

“我已经清楚了：我们欢欢喜喜地重逢，只因为一样东西，让我们同样崇拜有加。我了解到你崇拜什么，便会跟着你崇拜什么。我这样做的目的就是日后能跟你重逢。”

“你这种崇拜根本就不纯粹。”

“别对我要求太严格了。要是我到了天堂，还是见不到你，那么天堂对我而言，也是毫无意义的。”

阿丽莎做了个噤声的手势，严肃地对我说道：“‘天堂与天理，是你们最初要寻觅的东西。’”

有的孩子非常喜欢用这种庄严的词汇，那些对此一无所知的人便会觉得，一个孩子怎么会说出这样的话来。在将这些回忆写下来的时候，我便对那些人将会出现的反应有了十分清醒的认识。但是，我能怎么做呢？努力将这件事解释清楚？我想，最合理的解决方法应该是，不解释，也不掩饰。

拉丁文版的《马太福音》，我们一早就背过了。很久以前，阿丽莎就跟我一块儿学习了拉丁文。她说自己学习拉丁文，是为了帮弟弟做辅导，不过，这个借口显然是她编造出来的。如今回想起来，若非为了跟我读一样的书，她十之八九是不会学拉丁文的。在学习一门新课程时，如果没有她的加入，我根本没有勇气投入进去。这偶尔会为我造成损失，但并不会抑制我的思维发展，尽管很多人都觉得后者是一定会发生的。实际上，她总是在我前面行走。她不管做任何事，都显得游刃有余。我的思想要走向何方，完全以她作为参考标准。被人们称为思想的东西，将人们的头脑完全占据起来，然后人们便借着这所谓的思想，进行一种融和。所有的感情，包括爱情在内，都要屈居于这种神奇的融合之下。

母亲在一开始的时候，并不清楚我们母子之间究竟存在着多么深厚的感情，所以她总是有些惴惴不安。如今，她的年纪越来越大，身体也越来越虚弱，为了将我与她紧紧联系起来，她总爱强调母子关系这个纽带。从很多年前，她就得了心脏病，最近心脏病发的频率不断升高。有一回，她的病情来势汹汹。于是，她叫我到她身边去，对我说道："孩子，妈妈年纪太大啦，说不定什么时候就要离你而去了，这件事你也应该很清楚了。"说完这些话的时候，她的呼吸已经十分困难了。

我无法忍耐下去了，大声对她说："妈妈……我希望能让阿丽莎做我的妻子，想必您应该已经知道了。"我觉得，她好像对此期待已久了。

果然，她的内心深处有所感触，旋即就说："杰罗姆，这就是我刚刚打算和你商量的事。"

我哭起来，说道："妈妈！你也觉得她是爱我的吗？"

"我的杰罗姆，是的。"她的声音柔和，反复絮叨起这句话来，"我的杰罗姆，的确是这样的。"接着，她又艰难地说道，"上帝会为你们做出决定的。"

这会儿，我越发贴近她了。她伸手摸着我的头说："希望上帝能保佑你们两个！希望如此！"说完这些话，她便昏昏沉沉地睡着了。

谈话就此终结。我并没有试图再叫醒她，在接下来的时间里，也没有再与她讨论过这个话题。第二天，母亲的身体恢复了一些，我便重新回到了学校。我们母子的心里话说到一半便被打断了。我还有什么想要深入了解呢？我无比确信阿丽莎对我的爱。尽管我曾在心里怀疑过这份爱，但是这样的怀疑却伴随着接下来发生的一件惨痛的事情彻底消失了。

一天，黄昏时分，母亲安然离世。阿什步桐小姐和我陪伴着母亲，直到她生命中的最后一刻。尽管母亲的死因是心脏病，但她的离世却不可以说不突然。她这次病发，起初与前几次的情况差不多，哪知后来病情忽然就加剧了。母亲去世的当天晚上，亲朋好友们还没赶过来，守在母亲身边的便只有我，以及她的老朋友阿什步桐小姐。我流了很多眼泪，但我的眼泪多数是因为怜悯阿什步桐小姐而流下的。毕竟见到一个比自己年轻的朋友先走一步，对阿什步桐小姐而言，实在是一个不小的打击。但是，我并没有太过伤心。这件事简直太奇怪了，因为我是这样爱我的母亲。当时，我的情绪被另外一件事掌控了，那就是在我母亲的葬礼上，我的表姐一定会出现的。

翌日，舅舅赶到了，并交给我一封信，是他的女儿写给我的。等明天的时候，阿丽莎才会跟普朗蒂埃姨妈一块儿赶到这里来。阿丽莎在信里对我说：

> 杰罗姆，你是我的朋友，也是我的弟弟。我始终没有将那些话告诉她，让她得偿所愿，走得心安理得，这真是一件憾事。我只能祈求她能原谅我！今后，希望我们两个能将上帝作为我们共同的领路人。我的朋友，再见了。这一刻，我对你感情超越了以往的任何一刻。你的阿丽莎。

阿丽莎写这封信的真正目的是什么？她没有说出那些

话，以至于成为一生的憾事，那些话到底是什么？是不是要与我定下白头之约？我没有勇气马上便向她求婚，毕竟我的年纪还是太小了。不过，我们现在的情况跟订了婚又有什么区别呢？我还有必要再听她对我立下誓言吗？所有亲朋好友都已经知道我们两个恋爱的事情了。舅舅非但没有阻止我们，而且还将我当成是他的亲生儿子一般看待。

复活节很快又到了。放假之后，我就去了勒阿弗尔。虽然我在普朗蒂埃姨妈家中暂住，却很少在她那里吃饭。大多数时间，我都是跑到布柯兰舅舅家用餐。

菲力希·普朗蒂埃姨妈非常善良，在这一点上，几乎没有女人能比得上她。但是她的表姊妹却有点疏远她，连我也觉得没法跟她太亲近。她总是很忙很累，连气都喘不过来。她说起话来毫不动听，做起事来动作粗鲁，还老是喜欢用粗鲁的动作抚摸我们，亲热得叫人受不了。而且，她喜欢什么时候跟我们亲热，就什么时候跟我们亲热，丝毫不考虑时间场合。不过，布柯兰舅舅倒是很喜欢她，当然了，他喜欢我母亲要多一些。这一点，从他跟普朗蒂埃姨妈说话的口吻就听得出来。

有一天晚上，普朗蒂埃姨妈跟我说：“孩子，今年夏天，你有什么计划？我在安排我的计划之前，一定要先对你的计划有所了解。如果你有什么需要我帮忙……”

我说：“到时候再说吧，我还没有开始想这件事呢。说不定，我会去什么地方旅游。”

她说：“不管你何时想来，风格斯马尔庄园都会敞开大门迎接你的。你舅舅，还有朱丽叶都盼着你去呢……”

“你说的是阿丽莎吧？”

“是啊！不好意思……以前，我以为朱丽叶才是你的心上人呢！我这么说，可能有点不可信。之后，你舅舅便把真相跟我说了……我听说这件事，距今一个月还不到呢……虽然我非常爱你们，但是实在没多少时间，对你们展开深入了解！……察言观色又是我的弱项，对于那些跟我没多大关联的事，我老是没空儿把它们看个清楚。我经常看到你跟朱丽叶在一块儿玩耍……朱丽叶又漂亮又开朗，所以我才会觉得你们是一对。”

“你说的没错，不过与我相恋的却是阿丽莎。当然了，我还是很喜欢跟朱丽叶在一块儿玩耍的……”

“不错！不错！你自己做决定吧……比起妹妹朱丽叶，阿丽莎有点寡言少语，所以我对她的了解并不是很多。这一点，你也很清楚。不过，我觉得，你一定有你自己的原因，所以才会选择她……”

“姨妈，我爱上阿丽莎，并不是选择的结果。至于为什么要爱她，我更是从未思考过……”

“杰罗姆，不要生气，我说这些话没有其他意思……刚刚我还有些话要跟你说，这下我都不记得自己想要说什么了……哦！我想起来了。既然你们相爱了，将来肯定是要结婚的。可眼下还不是订婚的时候，毕竟你的母亲才去世没多久……另外，你还太年轻了……我觉得，往后你独自前往风格斯马尔庄园，没有你母亲陪伴在你身边，说不定就会有什么谣言散播开来……”

“姨妈，我也是这样想的，要不然我干吗要出去旅游呢？”

“是啊，孩子。我在想，如果我也去了风格斯马尔庄园，谣言的问题可能就会不存在了。好，就这样决定了。等到夏天的时候，我会抽段时间过去陪你的。”

“要是我请求阿什步桐小姐陪我过去的话，她一定会答应下来的。”

“我早就知道会这样，不过我还是要过去的，因为只有她一个人陪你是不行的……啊！我不是想要代替你母亲的位置，请你相信，我绝对没有那种想法。”说着这儿，她一下子抽泣起来，“家务之类的，我可以帮忙打理一下……总之，我不会打扰你和你舅舅，还有阿丽莎的。”

普朗蒂埃姨妈觉得，只要有她在，便可以带给我很多方便。但是，她真正带给我的，却只有麻烦。先前，她那样预计，根本就是错的。七月一到，她就搬进了风格斯马尔庄园，履行了她先前对我的承诺。我与阿什步桐小姐在几天之后，也抵达了那里。风格斯马尔庄园原本非常幽静，但是普朗蒂埃姨妈却以帮阿丽莎打理家务为由，将整个家搞得鸡犬不宁。她对我们百般讨好，只为赢取我们的欢心。然而，我跟阿丽莎却只觉得尴尬，因为她那种讨好实在太过火了。有她在的时候，我们基本上连一句话都不会说。想必她会认为我们对她太过冷漠了……但是我们之间的爱情，她真的可以理解吗？如果不能，那么我们在她面前，有什么必要讲话呢？对于她这种过火的讨好，朱丽叶就适应得很好，所以姨妈对朱丽叶十分偏心。对此，我觉得很不满。我与姨妈之间的关系，可能就是因此受到了不好的影响。

有一天早上，有封信送到了风格斯马尔庄园，交到了姨妈手上。她随即叫我过去，跟我说：“我的孩子，真是太对不起了。我的女儿写信叫我回去，因为她生病了。我只好跟你们告辞了……”

我忧心忡忡地去问舅舅，姨妈走后，我是否应该从这里离开。其实，我这种忧心完全是多余的。

舅舅听了我的话，马上就叫起来："这件事多么简单啊，我的姐姐这又是在搞些什么呢？啊！你现在就像我的亲生儿子一样，干吗要走啊？"

姨妈在这里待了半个月。她走后，风格斯马尔庄园立即摆脱了嘈杂，恢复了往日安静的氛围。这样的氛围，给人一种近乎幸福的感觉。我与阿丽莎的感情，并没有因为母亲的去世黯然失色。这段感情像是因此变得更加肃穆了。我们的生活从此一成不变，这让我们如同身处一个空间里面，其中的音效好到极点，我们的耳朵甚至能捕捉到细微的心跳声。

一天晚上，我们一边用餐，一边又说起了姨妈。当时，姨妈已经离开好几天了。我们说了些什么，我现在还有印象。

"姨妈可真是烦人啊！她的灵魂处在风起云涌的生活之中，竟连半分闲暇时间都找不到？慈爱之心，你不是应该很美吗？但是，你在这儿又呈现出了何种模样……"我们记起了歌德的文章，所以才会说出这样一番话。歌德在说起自己年少时节的情人施泰茵夫人时，曾写下了这样的文字:“在她的心里，这个世界肯定十分美好。”接下来，我们又开始排列等级高低。在我们看来，最高级的莫过于那些默默沉思的人。

沉默半晌的舅舅终于苦涩地笑起来，用一种批评的口吻对我们说道:“我的孩子们，上帝可以分辨出所有人的心，不管这颗心是否还完整无缺。我们绝对不可以因为一个人在某段时期表现不好，就对其妄下恶评。你们对我的姐姐的指责，无一不是有凭有据的。我一早就知道她有那些缺陷，但是我绝不会毫不留情地指责她，就像你们刚才所做的那样。人们拥有的美好品格，一到年老之后，就会变得面目全非。你们刚刚说菲力希很烦人，但是，这对年青时代的她而言，却是一种自然而然从心底迸发出来的热情，她只是欢喜得过了头，以至于什么避忌都不记得了。她在当年，可是十分讨人喜欢的。年青时代的我们，跟眼下的你们，其实相差不大。对于这一点，我很有把握。杰罗姆，你就很像年轻时的我，朱丽叶很像年轻时的菲力希……连相貌都很像……”他回身对长女说道，“我在听你说话时，偶尔会一下子想到杰罗姆的母亲。你的笑容和你的坐姿都跟她很像。有时候，她会将手肘向前，手指交叉，顶在自己的额头上，跟你现在的坐姿差不多。但是，没过多长时间，她就再也不这样坐了。”

“阿丽莎像你母亲。”阿什步桐小姐对我低声说道。

那一年的夏天，湛蓝的晴空将一切都染成了蓝色。痛苦与死亡，在年轻人的热情面前败下阵来。我们的生活不再有阴霾笼罩。每天黎明之际，我就会从床上爬起来，因为快乐总会准时将我叫醒。然后，我便飞奔出去，等待朝阳东升……每次回想起这段日子，我的记忆就会被露水打湿。阿丽莎总是很晚才睡，朱丽叶则不然。所以，两姐妹之中率先起床的总是朱丽叶，我会跟她一块儿到花园去。她不停地为姐姐和我传达信息。对于我跟阿丽莎的爱情故事，她永远都兴致盎然，我便不厌其烦地向她絮叨。因爱故生怖，在阿丽莎面前，我总是谨小慎微，而在朱丽叶面前，我便没有了顾忌。有些话我没勇气讲给阿丽莎听，于是朱丽叶便成了我的听众。我与朱丽叶聊得如此欢畅，阿丽莎看上去也挺高兴的，她好像根本就不想阻止我继续这样做。但是，我跟朱丽叶聊天的话题却始终围绕着她，也不知她是真的对此一无所知，还是在假装。

爱情，热烈的爱情！你精妙伪装起来，如此美丽动人！你让笑着的人流泪，让单纯快乐的孩子去追求崇高的品德！你到底有什么不为人知的法宝，将人们牢牢掌控在手中？

夏天慢慢地溜走了。它是如此的光滑干净，以至于现在在我的印象之中，连深一点儿的痕迹都找不到了。聊天与阅读，便是我对这个假期全部的印象……

在暑假就要走到末尾的时候，有天早上，阿丽莎告诉我："我做了一个梦，内容非常伤感。我梦见你死了，哦，我只是知道你死了，但在你死的时候，我并没有亲眼看到。所以，这件事对我而言，根本无法接受。我觉得，你只是暂时出去了而已。尽管我跟你已是天人永隔，可我还是有种感觉，我们一定可以重逢。只要我能找到某条特殊途径，便可以如愿以偿。我拼命地寻找起来，急得要命，然后一下子就醒了过来。

"我感觉自己今早就像一直沉浸在那个梦里，我们已经分开了，不知何时才能重逢……"她低声说道，"我们要是永远都不能重逢了，便要一直辛苦下去，一生一世都摆脱不了……"

"我们为什么会这样？"

"我们要想重逢，便要历尽艰苦，世间所有人都是如此。"

我并不相信她说的话，也许是因为不够勇敢，所以我不敢相信。我的心跳动得很快，忽然之间，勇气又降临到了我身上。我说："今早，我也做了个梦。在我的梦里，我们就要结婚了。我们的婚姻坚不可摧，我们再也不会分离了。除了死亡以外，任何事都不能破坏我们之间的关系。"我说这些话，就像是在对阿丽莎提出辩驳。

她却说："难道在你看来，死亡能造就分离吗？"

"我的意思是……"

"我的想法跟你截然不同。我认为，人在死后，关系反而变得更亲密了……就算是活着的时候，已经分开的两个人，也可以在死后彼此靠近。"

我们两个都将这番对话烙印在了自己心底。直到现在，我依然能听到当日的对话声。然而，我深切了解到这番对话的危害，却是之后发生的事了。

夏季结束了。田里一片空荡荡的，大多数农作物已经收割完毕。极目远眺，能望到遥远得不可思议的地方。那天黄昏时分，我跟朱丽叶来到了花园那边的树林里。明天我就要离开了，哦，不是明天是后天。

朱丽叶问我："昨天，你背了些什么给阿丽莎听？"

"昨天什么时候？"

"昨天我们到了泥煤石场，坐在那里的椅子上。你跟阿丽莎在那里待了很久，我们就先于你们俩离开了……”

“哦……我背的应该是波德莱尔写的几首诗歌……”

“具体是哪几首诗？给我背诵一下不行吗？”

我心不甘情不愿地背诵起来：“‘用不了多长时间，我们就要在冷冰冰的暗夜之中沉没下去！’”

哪曾想朱丽叶马上就跟着我背诵道：“‘再见啦，我们短促而辉煌的夏天！’”她的声音哆嗦着，腔调跟平日大为不同。

我吃惊地大叫起来：“天哪！我一直觉得你对诗根本不感兴趣呢，想不到你也知道这首诗……”

她笑道：“因为你从来没有背诗给我听，所以你就觉得我对诗毫无兴趣？看来我在你眼里，有时真是愚蠢透顶。”她的笑容看上去非常别扭。

我说：“你既没叫我给你背过诗，也没在我面前背过诗，所以我才会这样想。其实，诗并不是聪明人的专利。有的人尽管很聪明，但是对诗却没什么兴趣。”

“那是阿丽莎的专利……”说完这话，她沉默了一会儿，然后冷不丁又问我：“后天，你就要离开这里了？”

“是时候离开了。”

“你冬天的时候有什么计划？”

“我要去巴黎高等师范学院读第一年的课程。”

“你打算何时娶阿丽莎？”

“等我的兵役结束之后再说吧。也许，我还应该先为自己的未来做一点儿打算。”

“你以后想做什么样的工作，难道你现在还没定下来吗？”

“我还没有确定下来的打算呢。一旦定下来，以后就要一直做那种工作了。但是，我有这么多的爱好，实在很难选择，只好将选择尽可能地往后拖延了。”

“你就是因为不敢定下来，所以才不想现在订婚吗？”

我没有说话，只是耸了耸肩。

朱丽叶继续问我：“你们现在立即订婚又有什么坏处呢？有必要拖延下去吗？”

“难道我们非要马上订婚不可吗？把我们的感情公告天下真的有必要吗？只要我们两个都明白，无论是现在还是将来，我们都拥有对方，不就足够了吗？难道你觉得，更好的爱情是非得用承诺才能维系的吗？我并不认为是这样的。承诺简直可以说是玷污了爱情……我要是迫切地想跟她订婚，那只有一个缘由，就是我根本不信任她。”

“让我不信任的并非她……”

我和朱丽叶缓步走到花园的环形路口。那天，阿丽莎和舅舅经过这个环形路口，我在一旁不小心偷听到了他们之间的对话。一个想法骤然在我脑海中浮现：不久之前，我见到阿丽莎来到了花园的环形路口这边，我与朱丽叶的对话很有可能传到她的耳朵里。既然如此，那些我没有勇气面对面告诉她的话，便可以通过这种途径让她听到了。我很高兴能在她面前做这种表演。

我大声说道："唉！真希望我们能像照镜子一般，洞穿心上人的内心，看清楚在对方的心中，我们到底是什么样子的！我们对自己的认识总是很清楚，其他人对我们的认识则更加清楚。如此静谧的柔情！如此无瑕的爱情！"我激情澎湃地说着这些话，对于我当时的年纪来说，这种热情无疑有点过火了。而且，朱丽叶对我说的话，分明话中有话，但我全神贯注于这种表演，竟然对此毫无察觉。我甚至觉得，朱丽叶的一颗心都被我并不高明的情感抒发搞得一团糟，我因此感到非常骄傲。

忽然，朱丽叶埋首靠到我的肩膀上。她说："杰罗姆！杰罗姆！你会给她幸福的，对不对？我想要个确定的答案！你若是让她受折磨，我会恨你的。"

"朱丽叶！"我吻了吻她，将她的额头抬起来，大声对她说，“若果真如此，恨我的便不只是你，还包括我自己。你一点儿都不了解！……对于自己将来要从事何种工作，我之所以一直不能确定下来，就是因为我希望能让我与她的新生活拥有一个良好的开端！她将决定着我的前途与命运！如果她不肯参与其中，那么我情愿什么都不做……”

“你们两个在讨论这些问题时，她有什么表示？”

“我没跟她讨论过这些，一次都没有！这些根本不是我们想要讨论的话题。我们之所以一直没有订婚，就是出于这个原因。结婚以及结婚以后的生活，在我们的谈话之中从未出现过。朱丽叶，我觉得，若是多了一个她，我的一切都将会美好得不可思议。我实在没有勇气……没有勇气把这些话告诉她。这一点，你能理解吗？”

“你打算让她在意想不到的时候收获幸福，让她惊喜交加。”

“不，我不是打算这样做。我是担心会……会让她感到恐惧。你能理解吗？……我担心，她会被我预期之中的幸福给吓到了，因为那幸福实在太庞大了！……我曾经问她，是否对旅游有向往。她说，她没有任何向往，对她而言，唯一需要了解的便是，世界上存在那些美丽的风景，而其他人可以前去欣赏……”

“杰罗姆，那你是怎么想的？你对旅游有向往吗？”

“我想去所有的地方旅游！我觉得，人生便如同一直走在旅游的路上。我这一路上有她相伴，我们从川流不息的行人中走过，从浩瀚无边的书海中走过，从风土人情各异的土地中走过……你知道什么叫做启程吗？”

朱丽叶嗫嚅道：“我知道，我也时不时地在考虑这件事。”

她的话就如同一只负伤的小鸟儿，一下子摔在了地面上，而我却没有上前接住它。我没有理会她，兀自往下说道：“夜里出发，等到睡醒的时候，天空已被朝霞照亮。海面上瞬息万变，其中只有我们两个人……”

“你们来到某个陌生的港口，孩童时代你们曾在地图上看到过这里……阿丽莎挽着你的胳膊，你们两个一块儿从船上走下来。这样的一幕，已经在我脑海中浮现出来了。”

我笑道：“那时，朱丽叶给我们写的信已经寄到了当地的邮局，于是，我们匆忙赶到那里去拿信……”

“……寄信人的地址是风格斯马尔庄园。尽管在你们眼中，风格斯马尔庄园是一个狭小、偏僻、荒凉的地方，但是她却将在那里度过一生……”

我无法确定，这是不是朱丽叶的原话。前面我已经解释过了，当时，我的心里想的全是我与阿丽莎之间的爱情。我的耳朵基本上也只可以听到有关这份爱情的内容。

我和朱丽叶来到了花园的环形路口旁边，然后便打算折回去。这时，从一个角落中忽然走出一个人来，正是阿丽莎，她看上去面色惨白。

一见到她，朱丽叶便吃了一惊，并失声叫了出来。

阿丽莎急忙解释道："今天有些冷，我觉得身上有点儿不对劲。我应该马上回屋里去了。"说着，她便冲着白色小楼那边疾步走去。

她刚走远，朱丽叶就大声说："我们的话，她都听到了。"

"我们说的那些话，并不包含任何可能伤害到她的内容，不仅如此……"

朱丽叶却说："我要先走一步。"说完这话，她便朝着阿丽莎离去的方向跑过去。

当晚，我失眠了。整个晚上，阿丽莎只出现过一次，就是在用餐的时候。而且，她马上又返回了自己的卧室，理由是头疼。我跟朱丽叶说的那些话，她到底听到了多少？我将那些对话一一回想起来，心里非常忐忑。散步的时候，我跟朱丽叶靠得很近，还搂抱着她。现在回想起来，我觉得自己这样做很不恰当。不过，我们从小时候就这样相处了，这么多年来，已经习惯成自然。并且，我与朱丽叶的这种散步方式，先前阿丽莎已经见过很多次了。啊！我一味回想自己到底说错了什么，做错了什么，就像瞎了一样，竟不记得回想一下朱丽叶说了些什么。对此，可能阿丽莎听得比我还要清楚。因为我根本就没用心听朱丽叶说话，以至于几乎没在脑海中留下任何记忆。现在说这些理由都已经于事无补！我满心慌乱，也不知该做些什么好。我无法镇静下来，特别是想到，阿丽莎大概已经开始质疑我对她的心意了。我决定明天就跟她订婚，所有的恐惧也好，顾忌也罢，统统都抛到一边好了。我之所以会做出这个决定，可能是受了朱丽叶那番话的启发。事到如今，我已经顾不上理会自己曾经对朱丽叶说了些什么，也不再理会这样匆忙地订婚会造成何种隐患。

再过一天，我就要离开这里了。想来阿丽莎就是因为这个原因，才显得如此感伤。显然，她一直在逃避，不想跟我见面。整整一天，我都没找到机会与她单独相处。我很害怕，等到离开这里的时候，我还是无法将心里的话告诉她。晚饭就要开始了，我终于按捺不住，直接去了她的房间。当时只见她两手高抬起来，将一条珊瑚项链戴到自己的脖子上。她的后背冲向门口的方向，身前摆放着一面镜子，镜子的两边分辨燃烧着一根蜡烛。她想看清楚自己肩部以上的部分，于是将身体稍稍前倾。随后，她便注意到了我在镜中的影子。她并没有回身，只是一直打量着我的影子。

她说：“怎么回事？门难道是开着的吗？”

“你没注意到我刚才的敲门声。阿丽莎，明天我就要离开这里了，这件事你应该知道的，对不对？”

她将项链搁到壁炉上面，并未在言语上对我的话做出半分回应。我不知该如何迂回地表达出与她订婚的意愿，因为在我看来，这样订婚实在是太突然了。等我终于将自己的意愿对阿丽莎表述明白时，她马上就倚在了壁炉上，双腿像是已经支撑不住自己的身体了……我低着头，连看她的勇气都没有，而且浑身上下都在打哆嗦。

我就在她旁边站着，并将她的手握在了我的手心里，可我依旧没敢朝她看过去。她任由我握着她的手，还将我的手向上抬了一下，低头就是一吻。

她轻轻倚靠着我，小声对我说：“杰罗姆，不要，不要，我恳求你先不要订婚……”

她对我狂烈的心跳应该有所察觉，只听她柔声对我说：“不要，眼下还不是时候……”

“原因呢？”

“原因我正要问你。你一改先前对订婚的态度，究竟是出于什么原因？”

昨日，我与朱丽叶之间的对话，我已经没有勇气再向她提及。然而，她已经洞悉了我的内心。她的视线定格在我身上，对我说道：“朋友，你误会了。我们维持现在这种状态，就已经很快乐了。那种庞大的幸福，并非我真正想要的。”她这样说，就像是在回应我的心声一般。

我想笑，可惜笑不出来。我对她说：“我们马上就要分别了，哪里还能算得上快乐呢？”

“杰罗姆，此时此刻，我们只能说到这里了……不要破坏我们余下来的这段短暂的时光……千万不要。请你不要担心，我依然爱着你，跟以往没有任何区别。我将在信中让你明白这一切，我会写信给你的，一定会写信给你的。明天我便开始写……你离开以后，我马上就开始写……那么，你现在可以出去了！我的眼泪都掉下来了……我想一个人静一下。”

她推着我离开了她的房间。这天晚上，我们之间基本没有交谈。第二天，我从此处离开，她待在自己的房中，没有出来送我。所以，这段短暂的谈话，便成了我们之间的告别仪式。离开风格斯马尔庄园时，我从她的窗户里看到了她的身影。她挥舞着自己的手臂，跟我说再见。之后，我坐的车便在她的目光注视下渐行渐远。

第三章

CHAPTER 3

我跟阿贝尔·渥迪埃几乎分开了整整一年。他提早进入部队，服兵役去了。我想拿到学士学位，于是再度进入了修辞班。今年，我跟阿贝尔一块迈进了巴黎高等师范学院的大门。我将服兵役的时间定在毕业以后。因为我的年纪比阿贝尔要小了两年，所以不用着急。

老友相聚，真是一件开心的事。先前，我一直担心，阿贝尔会发生很大的改变。他从部队出来，便跑去旅游，直到一个多月以后才回来。我看到他，觉得他比以往更有信心了。眼前的他，还是跟从前那样吸引人。我们两个在卢森堡公园待了一下午。第二天，学校就要开学了。我们聊了很长时间，一方面是因为我在他面前隐藏不了什么事儿；另一方面则是因为我与阿丽莎之间的感情他先前就已经知道了。他看上去很有些骄傲，因为他在过去的一年里，曾跟不少女人打过交道。不过，我一点儿都不在乎他那种自负的态度。他说我不是个当机立断的人，还因此取笑我。让女人有机会恢复镇定是极不可取的，他这样对我说。我并未将他的话放在心上。我觉得他对我与阿丽莎的了解并不深厚，要不然，他就会明白，在我与阿丽莎身上，压根儿就不必使用这样的招数。

返回巴黎以后，第二天，阿丽莎的信就寄到了我手上。

亲爱的杰罗姆：

订婚那件事我考虑了很久。它既是你的意愿，也是我的意愿！但是，我只怕自己不是你的新娘的恰当人选，因为我的年纪比你大很多。眼下，你还没有接触其他女人的机会，所以你并没有注意到这一点。可是，我已经注意到了。如果我们真的结了婚，而你又转而爱上了别的女人，那么将会给我造成巨大的创伤。现在，你的心中肯定已经烧起了一团怒火。你开始向我提出反对意见，你的声音好像已经传到了我的耳中。但还是等你拥有了更深厚的阅历时，再将你的想法告诉我吧。

我是一心一意为你好，所以才会对你说这些话，请你务必要明白这一点。我会继续爱你，而且我相信这种爱必将延续我的一生。

阿丽莎

我的心里乱糟糟的，一方面很难过，另一方面又觉得莫名其妙：我们的爱情就此终结了！为什么要这样呢？我马上将这封信给阿贝尔看。

他一面看信一面摇头晃脑。等看完以后，他的嘴巴紧紧闭合着，一句话硬从双唇之间挤了出来："你有什么计划？"

我的脸上写满了烦恼与不解，同时高举着两条手臂。他看了看我，随即又说："我觉得，你最好不要回信给她。最糟糕的莫过于跟女人争辩了……不如这样好了，周六的时候，我们到勒阿弗尔过夜，周日早上赶到风格斯马尔庄园，周一再回学校上课。不过，我们到风格斯马尔庄园去，应该要找个理由。哦，我已经很久没看到你的亲戚了，自从我去服兵役，就一直没见过他们。这个理由听上去很是冠冕堂皇。当然了，最好是能让阿丽莎看出来，这个理由其实是你编造出来的，实际上你是醉翁之意不在酒。你去找阿丽莎，我就去负责朱丽叶。你可不要在阿丽莎面前任性发火了，就像个没长大的孩子一样……话说回来，可能是因为你对我有所隐瞒，所以我老是看不透你们之间的爱情……不过算啦！我不会永远被蒙在鼓里的……你可不能告诉你表姐我们要过去了，我们一定得叫她措手不及才行。”

当花园的篱笆门被我打开时，我的心跳得狂烈极了。朱丽叶很快就跑了出来，欢迎我们的到来。阿丽莎没有赶过来见我，当时她正忙着整理床铺和内衣。舅舅与阿什步桐小姐也在，我们几个便在大厅里说起话来。跟着，阿丽莎出现了。在她身上看不到丁点儿慌乱，也许是她太擅长掩饰自己的情绪了。她拖延了这么长时间，终于肯出来见我，想必是在思考应对我的法子。念及阿贝尔先前所言，我便这样推测起来。阿丽莎的淡漠，在朱丽叶的活泼反衬下，就显得越发明显了。对于我此次归来，阿丽莎并不欢迎，这一点，我当然能感觉得到。她的表情非常冷淡，在这样的冷淡背后，难道会有炽烈的热情存在吗？我不敢奢望。她坐在远离我们的某个墙角中，在她身边就是窗户。她好像是做刺绣，看上去精力非常集中，一面做一面计算着针脚的数目，双唇不停地开启闭合。舅舅看起来也是满腹心事。还好阿贝尔也来了，起初我根本就不敢说话，只有阿贝尔在说个不停。他将自己服兵役时的经历，以及出去旅行时的见闻说给大家听。如果他没来的话，一开始便无人带动气氛了。

午餐过后，我又被朱丽叶带到了花园。

看看四下无人，她便大声对我说："有人跟我求婚！是不是很出乎你的预料啊？昨天，爸爸收到了菲力希姑姑寄来的信，信里说有个葡萄园的主人希望能跟我们结为亲家。那人住在尼姆市，人品很不错。早在今年春季，他就对我十分仰慕了。那段时间，他在一些聚会之类的活动上见过我好几回。这些都是我听姑姑说的。"

我下意识地就将那名求婚的男士当成了自己的敌人。我用一种很不友善的口吻问朱丽叶："那你察觉到那名男士了吗？"

"当然。他是什么样的人，我一眼望去就很清楚了。他为人很庸俗，没什么学识，相貌也难看，不过脾气倒是很好。每次看到他，姑姑就会情不自禁地笑出来。总之，他就是那种非常典型的堂吉诃德之类的男人。"

我讥讽地问她："他的愿望有可能达成吗？"

"你这是什么话！杰罗姆！他就是个生意人！你之所

以能提出这样的问题，就是因为你没跟他见过面。”

“既然如此……舅舅给他的回复是什么？”

“他说我还没到结婚的年纪，叫我自己回复的话，我也会这么说的……不过，我运气可真差，”说到这儿，朱丽叶便笑起来，“我们给出这样的回复，姑姑一早就猜到了，所以，她还补充了这样一句话：爱德华·泰希艾尔先生现在求婚，只是想先排进我的求婚者队伍中，他会耐心地等待我长到适合结婚的年纪。哦，那名求婚的男士就叫做爱德华·泰希艾尔。这件事简直太匪夷所思了，无奈我一点儿法子也没有。难道我要告诉他，他的相貌丑陋才是我拒绝他的真正原因吗？”

“肯定不行。不过，你可以告诉他，管理一座葡萄园不是你理想中的丈夫应该从事的工作。”

朱丽叶耸肩说道：“姑姑可不会接受这样的借口……算了，说点别的吧。——你收到阿丽莎的信了？”

朱丽叶今天鲁莽极了，一个人在那里说个不停。我取出阿丽莎写给我的那封信，交到她手中。她看完以后，脸都涨红了，问道：“你下一步要做什么？”我觉得她的语气好像有些愤怒。

我说：“我现在也没什么主意了。眼下，我已经后悔了，今天我不该来走这一趟的。我应该给她写信，那样说起话来也比较容易。她的心意，你搞清楚了吗？”

“我很清楚，她就是想让你摆脱羁绊。”

“摆脱羁绊？莫非这就是我所重视的吗？她写这封信给我的原因，你了解吗？”

朱丽叶冷冷地说道：“我并不了解。”我马上就确定下来，朱丽叶可能是个知情人。尽管其中的隐情我依然无法洞悉，但好歹已不再是一无所知。

我们沿着花园的小道继续往前走。走到一个拐角时，朱丽叶忽然转身对我说：“我们两个已经一块儿待了很长时间了。既然你来这里的目的并不是要跟我说什么，你还是早点儿回去吧。”

说着，她便跑向了白色小楼。没过多长时间，她弹奏钢琴的声音就传到了我的耳中。

我返回大厅的时候，看到她一面弹钢琴，一面在跟阿贝尔交谈。她弹得似乎没什么章法，整个人看上去都不大有精神。于是，我折回花园，开始四处寻觅阿丽莎的影踪。

我在果园中找到了她。空气中一片馥郁芬芳，其中既有花的香气，又有山毛榉的落叶散发出来的芳香。菊花刚刚在墙角下盛放，被她一一摘了下来。秋天的味道已经相当浓厚了。天气转凉，唯一的温暖便是靠墙而立的那几排果树上洒落的阳光。东面的天空湛蓝如洗。阿丽莎头上戴着一顶很大的帽子，把她的脸遮挡了一大半。阿贝尔在旅行途中买下了这顶帽子，带来送给了她。她收到以后，马上就戴在了头上。我朝她走过去，她应该有所察觉，身体不由自主地哆嗦了一下，但她并未转过身来。我已经做好了准备，迎接她肃穆的眼神与严厉的质问。我浑身上下都绷得紧紧的，然而，就在我即将抵达她身边时，我行走的速度又慢了下来，先前的勇气似乎已经消失了。阿丽莎就像个小孩子正在跟我使性子一样，依旧背对着我，垂首而立。但是，她却将手中的花伸向了我。我觉得她似乎是在用这样的方式，叫我到她身边去。我觉得很有趣，竟然立在了原地，不再向前。这时，阿丽莎总算转身向我走过来。她的头已经抬起来了，露出了一张灿烂的笑脸。天地万物都被她的双眼照得通亮。忽然之间，我感到所有困难都已不复存在了，我对她说："我这次回来，是因为你的那封信。"说这句话时，我的声音没有半分异样。原来这件事并没有想象中那样难以启齿。

阿丽莎说："我知道。这便是我气恼的原因。我的意思，难道你还不清楚吗？我不是已经表述得很明白了？我们两个维持现状就很好很快乐，当时你说想要更进一步，结果遭到了我的反对。这些我们两个都已经说清楚了，为什么你现在又要这样惊讶呢？”

跟她在一起，我确实觉得很快乐，简直快乐极了。正因为如此，我希望我们两个的灵魂也能达到完美的契合。现在，我唯一的愿望就是能跟她在这温暖的花园小道上携手漫步，看到她满脸含笑，就已经足够了。至于其他的，对我而言已经无所谓了。

这样的快乐让我身陷其中，我已忘却了其余的一切念想，郑重其事地告诉她：“既然你觉得维持现状就已经很好了，那订婚的事就不要理会了。当你的信寄到我手中时，我一下子意识到自己拥有这么多的幸福，然而，这些幸福马上就将离我而去了。我不能失去它们，请把它们重新赐予我好吗？我会爱你一生一世。如果你不再爱我，或是质疑我对你的爱，我都会承受不起。”

“我没办法再质疑你对我的爱了，杰罗姆。”

说出这句话的时候，她的声音非常平和，却带着些感伤。不过，她依然满脸笑容，美丽柔和。我觉得自己根本没必要怀疑她，并在她面前这样为自己辩驳。我觉得愧对于她。在我看来，正是我的怀疑与辩驳，才让她在说话时，含着些许叫人难以察觉的悲哀。于是，我岔开话题，开始跟她说我的近况，这其中包括我对未来的规划，还有我在学校的状况。我告诉她，眼下我开始了一种全新的生活方式，并将从中获益良多。当时的巴黎高等师范学院跟现在很不一样。被纪律束缚得不堪忍受的，只会是那些没有头脑或是十分懒惰的学生。整个学院都充满了浓厚的学习氛围。因为阿丽莎畏惧社交，所以我也并不喜欢社交活动。我厌恶所有让她反感的事物。因此，学院这种远离尘世的修道院式生活倒是很得我的欢心。我的母亲生前曾与阿什步桐小姐在巴黎同住一套公寓，现在阿什步桐小姐依然住在那里。她是我与阿贝尔在巴黎唯一的朋友。我跟阿贝尔每周日都会去拜访她，并在她那里接连待上几个钟头。为了让阿丽莎对我的现状能有深入的了解，每周日我都会写信给她。

温室开着门，我们就在那里的架子上坐了下来。黄瓜全都被摘光了，只剩下很粗的黄瓜藤。在我说话的时候，阿丽莎会不时地向我提问。她是这样的全神贯注，这样的柔情似水，又是这样的情真意切。所有的这些，她先前并没有在我面前淋漓尽致地展露过。就如同蔚蓝的天空让迷雾消散一般，她的笑容，她的魅力，她的亲和，让我所有的恐慌与浮躁都消失于无形。

我与阿丽莎来到山毛榉树下，在一条长椅上坐下。朱丽叶和阿贝尔很快就找过来了。在这天下午余下来的时间里，我们几个再次朗读起了《时光的胜利》——斯温伯恩的一首诗。我们每个人读一段，一直读到天黑时分。

我跟阿贝尔向大家告辞时，阿丽莎抱住我，对我说："答应我，以后别再想这么多了。"她就像个姐姐一样，带着点儿玩笑的口吻。不知是她觉得这样做很有趣，还是我为人太冲动了，让她只能这样。

当我跟阿贝尔再次单独相处时，他马上问道："情况如何？你们是不是就要订婚了？"

我说："朋友，不要再说这件事啦！不过，这也没什么不好的。我今晚快活得很，超越了以往任何一个时刻。"说这话的时候，我的语气非常确定。

阿贝尔一下抱住我的脖子，大叫起来："我也是！有件小事我一定得跟你说，那简直太奇妙了！我爱上了朱丽叶，几乎要为她发了狂！其实，一年以前我就已经有预感了。但我要去服兵役，又要去旅游，所以之前一直没有跟你说过这件事。眼下我们已经把这件事定下来了，我的一生也就此确定了。

我对朱丽叶的爱已经上升到了崇拜的高度!

“很久以前，我就已经察觉到了，我们两个这样亲密，一定会娶一对姐妹为妻……”

阿贝尔紧紧抱着我，大笑着在火车上不停地翻滚，那模样就像个没长大的孩子。我觉得很吃惊，也很不自在，因为我从没想过他会用这种文绉绉的话来形容他的爱情。只是，有什么法子能够抗拒这种幸福与热情呢?

阿贝尔闹得厉害，我好不容易才找着一个机会，问他：“你已经把自己的爱慕之情讲给朱丽叶听了?”

阿贝尔大声说：“没有！现在还不是时候。这是整件事中最有魅力的一个章节，我不愿将其匆匆完结。

亲口表白并非爱情最美的那个环节……

“哈哈！你不要因此对我感到不满，你向来都是这样不慌不忙的。”

我说：“你真的觉得她对你也……”我的语气之中带着

些许怒意。

“你没看到，这回她跟我见面时，慌成了什么样子吗？她紧张得脸都红了，还老是不停地讲话！从我们一到那儿起，她就变成了这样……哎，阿丽莎才是你关注的焦点，你怎么会察觉到朱丽叶有什么反应呢？……朱丽叶不停地问我提问！我说话的时候，她便全神贯注地聆听着！她在最近一年变得聪明了许多。你老是说她不喜欢读书，喜欢读书的只有阿丽莎，这件事我真是搞不清楚了……兄弟，她的知识储备多得惊人！晚上用餐前，我们两个玩了个游戏，你知道是什么吗？我们一人一句，一块儿背诵但丁的一首诗。她还帮忙指正我的错误。你一定也知道其中的一句：

面对爱情时，我能否保持清醒。

“她还会说意大利语，你先前怎么没跟我说呢？”

我也很惊讶，说道：“我并不知道她会说意大利语。”

“别开玩笑了！游戏一开始，她便对我说，是你教会她背这首诗的。”

“肯定是哪一次我背这首诗给阿丽莎听的时候，让她听见了。她时常会待在我们身边，做些针线活。不过，我真没看出来，她居然听明白了。这件事真是太离奇了。”

“确实！你跟阿丽莎完全以自我为中心，丝毫不在乎别人。你们活在两个人的爱情世界中，与世隔绝，对于朱丽叶的智慧没有半分察觉！我的到来，对她来说，真是雪中送炭。我这样说，并不是自我吹捧……不过，你应该明白，我这样说也不是责备你。”他再次抱住我，“我希望你不要把这件事告诉阿丽莎，一个字都不要说。这件事由我一个人来解决就行了。我无比确信，朱丽叶一定是爱上我了。不过，我并不打算马上进攻，也不打算给她写信，我要等到下一回假期到来时，再做处理。新年假期，我们再一块儿到勒阿弗尔去，然后……”

“然后如何……”

“然后，我和朱丽叶便会订下婚约，叫阿丽莎大吃一惊。这件事应该速战速决。之后又会怎样，你能猜测出来吗？先前，阿丽莎始终不肯给你承诺，到那时，我便会帮你得到她的承诺，我与朱丽叶的例子将会令她豁然开朗。你们结婚务必要早过我们，这一点，我们一定要想方设法让她信服。”

阿贝尔滔滔不绝地说着这些话，直到我们乘坐的火车抵达巴黎，我们两个又返回了学校，他依然没有说到尽兴。他的话就如同没顶的海浪，叫我困在其中，连气都喘不过来。我们从车站出来，走路回学校。当时夜已经深了，阿贝尔却坚持送我回寝室。他留宿在那里，与我彻夜交谈。

无论是眼前的事，还是将来的事，阿贝尔全都想好了。他的情绪高涨，连我们两对男女一块儿结婚时的场景他都想到了。他绘声绘色地讲述着，参加婚礼的那些人有多么惊喜交加。这个动人的故事，这样真挚的友情，这种对朋友慷慨的帮助，都让阿贝尔深深陶醉了。我没办法抵御这种热情与魅惑，不由自主地开始陷入这美好的梦境。对爱情的憧憬让我们勇气倍增。我们甚至打算，等大学一毕业，我们就马上结婚，并请渥迪埃牧师来做我们的证婚人。蜜月期间，我们四个将一块儿出去旅游。婚后，两位女士将成为我们坚强的后盾，支持着我们最终功成名就。阿贝尔觉得自己很有写作的天分，对于当老师，他倒是没什么热情。他想拥有很多钱，这其实并不难，他只需写出几个受欢迎的剧本就行了。但是，钱并不能引起我的兴趣，我的爱好是学术研究。我想创作一部以宗教和哲学为主题的巨作，所以我希望能有机会专心做这方面的研究……如今回忆起当日的情景，原来无论多么美好的憧憬，都毫无价值。

翌日，我与阿贝尔便开始努力读书。

第四章

CHAPTER 4

光阴似箭，新年很快就到了，我们又放假了。自从跟阿丽莎交流过以后，我便定下心来，不再胡思乱想。每周日我都会写一封长信给她，这是我暗自制订的一个计划。至于其余的时间，我的交往对象也基本上只有阿贝尔一个。我的每一天都在对阿丽莎的思念中度过。我读了一些自己感兴趣的书，并在其中做了很多标记，这自然是为了阿丽莎。我在培养自己的爱好时，首先要思考的就是，她会不会喜欢这个。她也会时常写信给我。显然，我是她关注的焦点。她写信给我并不是为了表述自己的想法，而是为了鞭策我勤奋读书。我在读这些信的时候，总是有种忐忑的感觉。我觉得，要表述自己心中的想法有很多方法，可以评论，可以议论，也可以批判。然而，阿丽莎却极力将自己的想法埋在心底。说不定，她已经把这当成是在做游戏，我心中萌生了这样的疑虑……但我已经不想理会这些了。我下定决心，一定不能向她抱怨一丝一毫，无论我的内心多么忐忑，都不会在写给她的信里有所表现。

十二月就快结束的时候，我与阿贝尔一块儿去了勒阿弗尔。

从火车站出来，我马上就去了普朗蒂埃姨妈家。到她家时，她正好出去了，我便去房里整理自己的行李。等用人过来告诉我姨妈回来了，正在大厅等我过去的时候，我刚把行李整理完毕。

姨妈匆匆忙忙地询问完我的生活和学习状况，马上就切入正题，问我："亲爱的孩子，你上一回在风格斯马尔庄园住了那么长时间，你觉得一切还都顺心吗？有关这个问题的答案，你直到现在还没对我提起呢！还有，你那件事发展得怎么样了？"姨妈这样直截了当地问我，一方面是因为爱我；另一方面则是为了满足她自己的好奇心。

我一早就知道姨妈既率真又愚笨，除了宽容，我不知道自己还能做些什么。每当旁人提及我与阿丽莎之间的爱情时，我都会有种被侵犯的感觉，也不管对方的言辞多么温和有礼。然而，姨妈在谈及这段感情时，却偏偏轻率至此。不过，就算是这样，我也不能像个傻瓜一样对她发火，毕竟她的口吻实在太真诚，也太亲昵了。当然了，我也不能一点回应都没有。我说："可您在春天的时候还跟我说，我的年纪还小，不应该这么早订下婚约。"

"我是这样说过，我们起初都坚持这样的说法。"说话间，姨妈紧紧拉住我的一只手，"我明白在未来的几年时间里，你都没法结婚，因为你要读书，还要去服兵役。订下婚约以后，应该很快结婚，这是我一贯的想法。婚约都已经定下了，却迟迟不肯结婚，肯定会引起女方的不满……但是，说起来订婚也是一件好事……订婚仪式随便一点就行了……太高调了也是不行的。订婚的目的就是向周围的人宣布，这位姑娘已经有未婚夫了。一旦把婚约订下来，你们两个就可以名正言顺地联络了。若是有求婚者造访……"说到这里，她便微笑起来，似乎话中有话，"便能跟他说，这件事是不可能的。这样的情况出现的概率很大。朱丽叶就有了一个求婚者，这件事你知道吗？她可是今年冬天大家关注的焦点呢。她跟那个求婚者说，她的年纪还小，事实也的确如此。那个年轻的求婚者说等上几年也无妨。老实说，他的年纪也不算小了……不过，他是个老实人，这门亲事如果成了的话，对双方都好。他明天会到这边来，说是过来欣赏我家的圣诞树，到时候你就能看到他了。你要把你对他的感觉全都跟我说出来。”

我说：“姨妈，朱丽叶早就爱上别人了，那个求婚者怕是不会有什么结果的。”我差一点就把阿贝尔的名字说出来了，好不容易又忍住了。

姨妈侧着头，撇着嘴，满腹狐疑：“啊？怎么会这样？为什么她从未向我提及？这可真是件怪事！”

我不想再多说什么，便将自己的嘴唇咬住了。

“时间一到，自然就真相大白了……朱丽叶的身体最近一直不大好……更何况，她的事情晚点儿再说也不迟……阿丽莎也是个好姑娘啊……你已经向她示爱了吗？”

我认为“示爱”是个非常粗俗的词汇，我由衷厌恶它。可姨妈问得这样直白，我偏偏又对说大话一窍不通。于是，我只能嗫嚅道：“是的。”说完这话，我的脸马上变得很烫。

“她说了些什么？”

我根本不想回答这个问题。我低着头，却无法逃离这种窘迫的处境。于是，只能再次嗫嚅道：“她不同意跟我订婚。”

姨妈大叫起来：“这姑娘真是好样的！就应该这样做！你们往后还有的是时间呢，不过……”

我说："唉！姨妈，咱们能不能换个话题？"无奈姨妈根本就不听我的话。

"我早就猜到她会这样做。跟你相比，你的表姐要成熟多了。我从来都是这样认为的……"

忽然之间，我觉得自己的心都要碎了。我不明白自己为什么会这样，想必是姨妈对我步步紧逼，给了我很大的压力，让我再也承受不住了。我把脸埋在姨妈的膝盖上大哭起来，那模样就跟个孩子似的。

我大声说："不，姨妈，不是这样的，她并没叫我等她……"

姨妈柔声说道："啊！你被她拒绝了！"她的声音之中饱含着对我的同情，一面说，一面把我的脸捧了起来。

"不……也不是这样的。"

姨妈摇头问道："你是害怕，她对你的爱已经消失了？"她看上去很悲伤。

我说："不，这并不是我所害怕的。"

"我的孩子啊，你要把你的意思表达得清晰一些，我才能了解啊。"

我怎么能将自己这样脆弱的一面表现出来呢？我非常后悔，满心羞惭。我为什么会如此语焉不详，姨妈又怎会了解？但是，如果阿丽莎是因为某个确切的原因而拒绝我的话，说不定姨妈能帮我从她口中打探到这个原因。没过多长时间，姨妈便向我毛遂自荐："阿丽莎明早要来这边，帮我把圣诞树装扮好。相信这件事我一定可以尽快搞清楚的。等到用午餐时，你就能知道真相了。到时候，你就会知道，根本没必要为此感到恐慌，对于这一点，我还是很有把握的。"

晚上，我去布柯兰舅舅家用餐。见到朱丽叶时，我发现她的模样跟以前不大一样了，想必是因为生病的缘故。她的眼神原本就跟阿丽莎相差甚远，这时又增添了一种凶残的意味，看上去更与阿丽莎南辕北辙。当晚，我根本没机会，也没意愿，跟这姐妹俩私下里进行交谈。再加上舅舅看起来有些体力不支，所以我吃完饭以后，很快就离开了。

每年，都会有很多亲朋好友和小孩子被普朗蒂埃姨妈的圣诞树吸引过来。楼梯口的对面就是一间门厅，与前厅、客厅、温室相连。温室中安装着玻璃门，餐桌就摆放在里面。而门厅则是圣诞树的所在地。这会儿，圣诞树的装扮工作还没有完毕。我到勒阿弗尔的第二天，就是圣诞节了。阿丽莎一大早就赶了过来，这证明姨妈昨天所言非虚。阿丽莎忙着将各种各样的装饰品，如将水果、糖、玩具、彩色灯泡等，挂到圣诞树上。我并未过去跟她见面，而是直接出门去了。尽管我很想跟她一块儿装饰圣诞树，但我必须要给她和姨妈单独相处的机会，好让姨妈帮我打探消息。这天上午，我的心一直都七上八下的。

我到了布柯兰舅舅家，正想去找朱丽叶，忽然发觉她正和阿贝尔在一起。他们两个接下来的对话一定至关紧要，为了不打搅他们，我匆匆忙忙地就出来了。整个上午，我都在码头和街道上徘徊。等我回去时，已经是午餐时间了。

一看到我进门，姨妈就大声说道："你这傻孩子！人生在世，可不能活得这么乱七八糟的！今早，你对我说了一大堆话，连一句合情合理的都找不到……我直接就叫过来帮我忙的阿什步桐小姐回去了，只剩下我跟阿丽莎两个人。我也没兜圈子，开门见山地问她，为什么今年夏天没跟你订婚呢。我这样问，你可能觉得她会害羞，对吗？——但她不知道有多镇定，连半分惊慌都看不出来。她告诉我，她希望在她们姐妹两人之中，先结婚的会是她的妹妹。你那时候真要像我这样问问她，不是一早就知道答案了？你就是自己给自己找罪受，不过是这么一件小事，你就看得比天还大了。孩子，现在你想通了吧？坦诚相待是解决问题最好的方法……阿丽莎还跟我说，她不忍心丢下她的父亲。这姑娘真是可怜……我跟她聊了很久。她是个明白事理的好姑娘。另外，我还听她说，她觉得自己的年纪太大，你应该找个跟朱丽叶一样大的姑娘才是，因此，她觉得自己可能并不是最适合你的那个人……”

接下来，我已经完全听不到姨妈在说些什么了。我只知道一件至关紧要的大事：阿丽莎要等朱丽叶结婚以后，才会考虑自己的婚事。——幸好有阿贝尔啊！这件事还真被他给说中了：一门亲事成了，另一门亲事也就不成问题了……

一旦了解了事情的真相，所有问题便迎刃而解。我努力不让姨妈看出我的心情有多么激动。在姨妈面前，我表现得十分愉快，并让她觉得，正是因为她，我才会拥有这种愉快的感觉。姨妈因此非常欣慰。午饭过后，我马上找了个理由，出门去见阿贝尔。至于那个理由具体是什么，我已经忘记了。

我把这件喜事告诉了阿贝尔，他抱着我大声说道：“我不是早就跟你说了嘛！兄弟，我跟朱丽叶今天上午在一起聊天，虽然我们的话题基本上一直在围绕着你打转，但我还是认为这是一次非常关键的谈话。只是，朱丽叶看起来有些焦躁，也没什么精神……如果我说得太多，只怕会让她变得极其紧张、兴奋。不过，这件事现在已经没什么悬念了，因为有你这番话给我吃下了一颗定心丸！兄弟，你要陪我一块儿到布柯兰家去，我马上去拿我的帽子和手杖。我的身体轻飘飘的，连欧福里翁[①]都没有我这样轻盈，你一定要紧紧拉住我，要不然还没等走到布柯兰家，我就已经飞向了高空……要让朱丽叶知道，你之所以遭到拒绝，正是因为她，然后，我便立即请求她嫁给我……兄弟啊，我看到了我的父亲。今晚，在圣诞树面前，他流着快活的泪，向上帝表达自己的敬慕之情。两对即将结婚的男女跪在他眼前，他便将手放到他们头上，给予他们最真切的祝福。普朗蒂埃姨妈将泪流满面，阿什步桐小姐也会发出叹息声。圣诞树被灿烂的灯火笼罩，以此来赞美光芒万丈的上帝。掌声如雷，宛如《圣经》中提及的地动山摇。”

要将圣诞树上的灯点亮，让所有亲朋好友和孩子们齐聚在圣诞树下，就必须要等到夜幕降临之际。在跟阿贝尔道别以后，我觉得烦躁极了，简直不知该干什么好。于是，我来到了圣阿雷思悬崖，想在那里度过天黑之前的时光。哪曾想，我竟迷失了方向。圣诞节的庆祝活动开始了很长

① 欧福里翁：希腊神话中阿喀琉斯与海伦之子，长有双翼。

一段时间后，我才终于摸回了普朗蒂埃姨妈家中。

进入门厅以后，阿丽莎的身影马上映入了我的眼帘。她看到我，旋即过来迎接我，似乎已经等候我多时了。我母亲过世后，留下了一个小小的紫晶十字架，我将它送给了阿丽莎。此前，她从没在我面前佩戴过，今天却忽然戴在了颈上。她的上衣颜色很淡，神色凄凉，满脸倦容。我瞧着她这副模样，觉得十分痛苦。

她用一种匆忙而低沉的声音问我："我打算跟你说几句话，想不到你却回来得这么迟。出什么事了吗？"

"我去了悬崖那边，后来就找不到方向了……你是不是觉得很难受……你到底怎么了，阿丽莎？"

她的双唇哆嗦着，连一句话都说不出来了，就那样静静地立在我眼前。我连继续追问她的勇气都没有，那一刻，我简直害怕极了。她好像是要对我说什么，便把手伸到了我的脖子上，看样子是要让我低下头，靠得她近一些。哪曾想，忽然有几位客人走了过来，她马上灰心丧气地垂下了手……

她轻声说道："已经迟了。"

我的眼中泪光盈盈。她望着我，似乎想给我眼中的疑问找到一个解答，于是像哄孩子一样哄着我说："我的头有些痛，不过别担心，因为孩子们吵得厉害，我才会这样……我来到这边，只是想清静一下……眼下，是时候回去了。”

说完这些话，她马上就走了。随即有人过来挡在我们中间。为了找她，我便去了客厅，只见她正在跟很多孩子玩耍。好多熟人隔在我们中间，我要想走到她身边去，就一定要跟这些人打招呼。我想，悄悄沿着墙壁溜过去可能是个明智的选择，不妨试一下吧。要知道，跟那么多人打招呼，可不是件易事。

被朱丽叶逮住时，我正从温室的玻璃门前经过。先前，她一直隐身在门帘子后面。

她抓着我的手臂，急切地对我说：“我有些话要跟你说，我们到温室去聊。你先走，我很快就会过去跟你汇合。”她将门开了一半，并在一段时间内一直保持着这个姿势。然后，她才进入了温室。

我是打算去找阿贝尔的，现在这算怎么回事呢？他对朱丽叶说了些什么话，做了些什么事？……在进入温室之前，我先回了门厅一趟。等我进入温室时，就见到正在那里等我的朱丽叶。

她的脸色绯红，眉头紧蹙，一双眼睛闪闪发光，眼神之中包含着痛楚与冷漠。说话的时候，她的声音干涩。总体而言，她当时的状况就跟发高烧差不多。她看起来非常美丽，而且非常兴奋。她的美貌让我大吃一惊，简直有种尴尬的感觉，连自己的满腹忧虑都暂且抛诸一旁。温室里除了我跟她以外，再无其他人。

她一见到我就问："阿丽莎已经对你说了？"

"我来得太迟了，她只来得及跟我说了一两句话。"

"她让我先于她结婚，这件事你知道吗？"

"我知道。"

朱丽叶注视着我，继续问道："她给我选的结婚对象，你知道是谁吗？"

我没说话，只是怔怔地立在原地。

朱丽叶叫道："是你！"

"太荒谬了！"

朱丽叶用一种绝望而骄傲的口吻说道："的确如此！"

她向后靠过去，不清不楚地说道："我已经明白以后该如何去做了。"说着，她就将温室的大门打开，走了出去。门在她身后重重地闭合起来。

我的血液直冲脑门，在此之前，所有确定的念想，眼下都变得不确定了。我恐慌到了极点，只想马上去找阿贝尔。为何如此怪异的话语会从阿丽莎两姐妹口中说出，眼下恐怕只有阿贝尔能找出原因了……当时，我的慌乱全都写到了脸上，要是去客厅的话，就等于将这种心绪公之于众。因此，我根本没有勇气再回到客厅。我去了花园，天气很冷，我站在其中，渐渐恢复了理智。夜色已经降临了，海上升起了雾气，将整座城市笼罩其间，树上的叶子全都凋零了，天地万物一片荒芜……我在花园中，望着眼前的一切，忽然，有歌声传到了我的耳中。这会儿，孩子们应该正围在圣诞树下一块唱歌。回到门厅时，我看到前厅与客厅所有的门都没关上。客人们全都去了前厅，聚在了圣诞树下。除了姨妈和朱丽叶以外，客厅里并无其他人。这时，姨妈与朱丽叶正在钢琴后头交谈。一曲完毕，孩子全都安静下来。渥迪埃牧师站在圣诞树前，向众人传道。这便是他经常提及的“播撒美好的种子”，只要一有机会，他就会这样做。我再次想出去，因为这里的光太亮了，空气又太热了，让我觉得浑身难受。阿贝尔倚门而立的身影，不期然间闯入我的视线，可能他老早就站在那里了。他盯着我，眼神之中含着敌意。我与他四目相对，他肩膀一耸，我便走到了他身边。

他用低沉的声音说道：“蠢透了！离开这里！我真是烦

死这样的传道了！我们赶紧离开这里！”

出门以后，我默默地注视着他，心里十分忐忑。他注意到了这一点，便对我说：“蠢透了！简直蠢透了！你才是她的心上人！为什么你先前不跟我说呢？”

我完全无法置信，只能怔怔地呆立在原地。

“你不相信？你连她对你的爱都感觉不到！”阿贝尔恶狠狠地说道，同时使劲地晃动着我的手臂。

他拽着我，走得又急又乱。我沉默了很长时间，才颤声说道：“阿贝尔，先把整件事跟我讲清楚，就当是我求你，别一上来就气成这样。对于这件事，我还一无所知呢。”

我们走到路灯下面，我一下子被阿贝尔拉得立在原地，前进不得。他定睛看着我，忽然将自己的脸埋入我的肩膀，与我抱作一团，口中呜呜咽咽，含混不清地说道：“原谅我吧！兄弟，我也蠢透了，我也没看出她的心意，我们两个其实都差不多。”

阿贝尔哭完以后，比先前平静了不少。他仰起脸来，一面前行一面问我：“真是搞不清楚！……不过，眼下已经没必要再说这些了！今早，我跟朱丽叶在一起交流，这件事我已经告诉你了。她的情绪很激动，整个人看上去非常漂亮。她之所以会有这样的表现，只是因为我们的话题一直围绕着你展开，先前我还误以为这是因为我的缘故。”

“你那时就没意识到这一点吗？……”

“那时我无论如何都意识不到这一点。不过，如今回想起来，所有细枝末节都可以找到理由了……”

“你确定你现在没误解她的意思？”

“误解？我的好兄弟，世上只有一种人会觉得她的心上人不是你，那就是瞎了眼的人。”

“那阿丽莎呢……”

“朱丽叶的秘密不小心被阿丽莎知道了，于是，阿丽莎想舍弃自己的幸福，成全妹妹。兄弟，这件事其实很容易就能弄明白……我原本还想多跟朱丽叶说几句话，但是我一开口，她就了解了我的心意。随即，她便起身说道：‘这是我意料之中的事。’她将这句话重复了好多遍，但实际上，她根本就没料到事情会是这样的，你只要听听她当时说话的口吻就知道了……”

“哎！这可是一件很严肃的事！”

“你这样说的理由是什么？反正我认为这是一件很可笑的事……朱丽叶跑到阿丽莎的房中，接着便有吵架的声音从里面传了出来。我觉得很不安，本想再去找朱丽叶，哪曾想走出房来的却是阿丽莎。在看到我的时候，阿丽莎有点尴尬。她临走之前，只是快速地招呼了我一声。当时，她头上还戴着帽子……这就是我所见到的事情的全部。”

“之后，你又跟朱丽叶见过面吗？”

阿贝尔略作犹豫，答道：“见过。我一见到阿丽莎离开，马上过去将房门推开，径自进入房中。当时，朱丽叶正在壁炉旁边静立着照镜子，她用双手支住自己的下巴，手肘则撑在大理石砌成的壁炉上。她听到我闯进房中，便跺脚叫道：‘喂！不要来打搅我！’她甚至没扭头看我一眼，就硬邦邦地抛出了这句话。我除了掉头离开以外，还能做些什么？”

“那眼下呢？”

“我觉得舒服多了，多亏你听我倾诉了这么多……至于眼下嘛，你要先把朱丽叶在爱情中遭受的伤害医治好。照我对阿丽莎的了解，你若做不到这件事，她是不会再跟你在一起的。”

接下来，我们两个都沉默了。

我们就这样走了很长一段时间。阿贝尔再度开口：“眼下，客人都已经回家了，我们也是时候回去了。我的父亲应该正在等着我呢。”

果然不出阿贝尔所料，我们回去时，已是人去楼空。那棵立在前厅的圣诞树上的彩色灯泡，只余下极少的几盏还亮着，至于树上原先挂着的圣诞礼物，则一个都没剩下。这时候，只有姨妈与她的两个孩子、布柯兰舅舅、阿什步桐小姐、阿丽莎、朱丽叶，以及一个看上去很滑稽的男人留在圣诞树下。先前，我曾看到姨妈跟那个滑稽的男人在一块儿说了很久的话，但我一直没能认出他来。此刻，我终于意识到，他便是向朱丽叶求婚的那个人，朱丽叶曾对我提起过他。他脑门上的头发已经掉得差不多了，不过他的面色红润，身材健硕，却是我们这些人都比不上的。可能他自己也有所察觉，他跟我们根本不是同一类人。他嘴唇上边的胡子已经白了不少，他不停地揉搓着这些胡子，看上去非常不安。没有任何人察觉到我跟阿贝尔从外面溜回来了，因为门厅的门大开着，但是里面的灯却没有点亮。忽有一种不祥的预感涌上我的心头。

阿贝尔抓住我的手臂，叫道："住手！"

只见那个滑稽的男人已经来到朱丽叶的身边，并将她的手握在了自己手中。朱丽叶对此没有任何异议，任由他拉着自己的手。不过，她并没有转过头去瞧他。我望着这一幕，心一下子坠入了深渊。

我觉得自己无法理解眼前发生的事，又或者说，我情愿自己是误会了他们。我喃喃地问道："阿贝尔，他们在做些什么？"

"一看不就明白了。那姑娘不愿让风头被姐姐独占了，就想用这样的方式证明自己的价值。这会儿，天堂里的天使一定都在拍着巴掌恭喜她呢！"阿贝尔不屑地说道。

普朗蒂埃姨妈与阿什步桐小姐都在朱丽叶身旁围拢着。舅舅来到朱丽叶身旁，亲吻了她一下。随即，渥迪埃牧师也进去凑热闹……我也想过去，哪知刚迈出一步，就被阿丽莎看到了。

她匆忙跑到我身边，颤声说："别这样，杰罗姆。今早，朱丽叶还告诉我，她根本不喜欢那人！杰罗姆，想个办法吧，别让她这样做！要不然，她以后该如何是好？……"

她痛苦极了，埋首在我的肩膀上不住声地恳求我。我情愿牺牲一切，只求能让她不这么痛苦。

忽有一声喊声从圣诞树那里传过来，大家随之乱成一片……我们飞奔过去，看到姨妈正抱着昏迷不醒的朱丽叶。所有人都围在她们身边，挡住了我的视线，我只能看到朱丽叶苍白的脸和满头凌乱的秀发。她这次昏过去可是非同小可，整个身体都在痉挛不休。

为了安慰舅舅，姨妈便大声说道：“没什么！没什么！”渥迪埃牧师也已加入了安抚舅舅的行列，只见牧师先生伸出食指，朝天空指去。姨妈继续说道：“没什么！只是一点点小事，她有点紧张过头而已。泰希艾尔先生，麻烦您跟我一块儿抬起她来，到我的房间里去，把她安顿到我的床上，我知道，你的力气可是不小……来，我们把她安顿到我的床上……”姨妈又对自己的大儿子耳语一声，想必是叫他去请大夫。他听到以后，旋即就出去了。

姨妈与那个向朱丽叶求婚的男人一块儿把朱丽叶的肩膀抬起来，阿丽莎抬着朱丽叶的脚，阿贝尔则将她的头捧了起来。那个求婚的男人就在阿贝尔的眼皮子底下，俯身将朱丽叶凌乱的秀发拨开，在她脸上落下了一个又一个吻。

我没有跟他们一起进入姨妈的房间，停在了房门口。朱丽叶被大伙儿安顿在了床上。我看到阿丽莎跟阿贝尔和泰希艾尔先生说了些什么，不过，我根本就听不到具体的内容。两位男士被她送到房门口。她说，她和姨妈会照顾好妹妹的，请大家先回去，让妹妹好好歇一歇……

我被阿贝尔拉着走了出去。我们在暗夜之中走了很长一段时间，只觉灰心丧气，也不知想要走到何处去。

第五章

CHAPTER 5

我紧抓着我的爱情，无论如何都不肯松手，因为爱情就是我的生命中唯一的追求，而恋人则是我唯一的关注焦点，除此之外的一切，都不能吸引我的注意力。

第二天，我想去探望阿丽莎。姨妈将我拦下，把一封信交给我。这封信才送过来没多久：

……大夫给朱丽叶开了药。她吃了药以后，依旧焦躁不安。等到凌晨时分，这种症状才得到缓解。最近几天，请杰罗姆不要再过来了。无论是他的说话声，还是他的脚步声，都能被朱丽叶听出来，而朱丽叶现在必须要静养，不能受到任何打扰。

眼下，朱丽叶的病情这么严重，她需要我的照顾。

亲爱的姑姑，要是在杰罗姆离开之际，依然不便过来跟我见面，那就麻烦您告诉他，我将写信给他……

不管是姨妈还是其他任何人，都能到布柯兰家去，只有我被隔绝在外面。当天上午，姨妈便要过去了。阿丽莎居然会想到这样的理由，多么蹩脚啊！试问，我会制造出怎样的噪声呢？算了，不让我去，我就不去了。

我觉得很难过，我跟阿丽莎短时间内是见不到面了。不过，与她冲我发火相比，我倒宁可像现在这样。我很担心她会认定我就是导致朱丽叶生病的罪魁祸首，对于我们的再次见面，我心里颇有些忐忑。

我现在只想跟阿贝尔见面。

我来到他家门前，女用将一张便条交给了我：

为了不让你担忧，我特意留下这张便条给你。我已经无法再在勒阿弗尔待下去了，我难以忍受朱丽叶就住在我附近。我计划到伦敦去，在S家中过完余下的这段假期。因此，昨晚跟你道别以后，我马上去搭乘到索斯安普敦的船。等开学时，我们到学校见。

到了这一刻，我已是孤立无援。没等假期结束，我便返回了巴黎。因为继续待在勒阿弗尔，只会让我更加难受。上帝成为我最新的关注焦点，不管是什么人，都能得到他的抚慰与恩惠，甚至连我的苦楚，他也一并接收了。我觉得，他同样是阿丽莎心目中的保护神。在向上帝祈祷时，每次想起阿丽莎也做过一样的事，我就倍受鼓舞。

在一段相当长的时间内，我的生活就只包括与阿丽莎通信、读书、思考这三件事。我将阿丽莎写给我的信都保存了下来，并时不时地拿出来重温……

一开始，我与勒阿弗尔之间的关系，全靠姨妈帮我维系。有关勒阿弗尔的一切消息，都是由姨妈告诉我的。听姨妈说，朱丽叶在最开始的几天病得非常厉害，把大家都吓坏了。阿丽莎的信在我离开以后十二天才到达我手中。信的内容如下：

亲爱的杰罗姆，我直到现在才给你写这封信，请你体谅我先前实在没空儿给你写信，因为朱丽叶的病情确实太严重了。自从你离开这里，我差不多每天二十四小时都守在她身边。这些你应该已经从姑姑那里了解到了，因为我之前就曾让姑姑把这边的情形转告给你。最近，朱丽叶的病情已经逐渐康复了，多谢上帝保佑。不过，直到现在，我还是不能完全放下心来。

在此之前，我很少提及洛贝尔。他返回巴黎时，我已经回来好几天了。他把他那两个姐姐的消息转达给我。依照我的性情，如果洛贝尔没有那两个姐姐，我是不会对他产生多少关切之情的。洛贝尔读的是农业学院。每到假期，为了能让他过得舒服一些，我总会想出各种各样的法子关照他。

有些事儿，我没有勇气从阿丽莎和姨妈那里寻求解答。此时，洛贝尔的作用便凸显出来了。他告诉我，在朱丽叶生病期间，爱德华·泰希艾尔经常去探视她；但是，他一直没见到朱丽叶，至少在洛贝尔启程到巴黎前是这样的。洛贝尔还告诉我，自从我离开以后，朱丽叶就没当着阿丽莎的面说过一句话，大家想方设法要叫她说话，却始终不能如愿以偿。

没过多长时间，姨妈告诉我，朱丽叶希望能尽快公开订婚的消息，阿丽莎则坚持取消这次的订婚，我早就猜到她会这样做。无奈朱丽叶已经铁了心，终日面无表情，拒绝一切交流，旁人的哀求、劝诫、强迫，都无法让她改变决定……

日子一天天流逝。我经常为如何给阿丽莎回信感到烦恼，因为在她那些简短的信件中，总是充满了让我沮丧的消息。这个冬天一直雾气浓密，我的心里也是一片黑暗，冰冷沁骨。读书时点亮的灯，对爱情、对上帝的巨大热情，都无法让我重新感受到温暖与光明。我就这样度过了一天又一天。

春天到了，某个早晨，姨妈将阿丽莎寄给她的一封信转寄给了我。这封信的主要内容如下：

……听完你的规劝以后，我与泰希艾尔先生聊了很多。我对你这样婉顺，你是不是应该表扬我呢？说实话，泰希艾尔先生是个非常好的人。我原先很担忧，朱丽叶要是跟他结婚，这一生都不会快乐。然而，我现在却怀疑这种担忧是多余的。朱丽叶对他毫无爱意，这是事实，可经过了这几个星期的相处，我越来越觉得他不是一个不配得到爱情的男人。对于朱丽叶的个性，他十分了解。对于自身所处的境地，他也有着冷静客观的认识。在他看来，只要他爱朱丽叶，并勇敢地坚持到最后，那么不管是什么样的障碍都可以逾越。他对朱丽叶的深情，由此可见。

我非常感激杰罗姆对我弟弟的照料。其实，我弟弟跟杰罗姆是完全不同的两个人，杰罗姆只是因为自己的责任心，或是因为想取悦我，才会这样照料他。责任越大，内心的收获也就越大，这个道理杰罗姆显然已经明白了。这真是一种超脱世外的念头！然而，若是没有这样的念头帮助我支撑下去，我便无法看到朱丽叶这桩婚事的好的一面，所以，请体谅我，不要过分地嘲笑我。

亲爱的姑姑，在我的内心深处，有种非常温暖的感觉，这完全源自你对我无微不至的关怀与照料！不过，请你不要误会，我的生活并不悲苦。由于我对近来朱丽叶遭受的磨难感同身受，所以我简直想说，我的生活状况正与悲苦截然相反。以前，我经常吟诵《圣经》中的一句话："相信某些人，会为你带来悲苦。"过去，我一直不懂这句话是什么意思，最近终于豁然开朗。我最早见到这句话是在杰罗姆给我寄来的圣诞卡片上，而非在《圣经》里。那一年，我才十四岁，而杰罗姆还没满十二岁。我们都认为那是一张十分漂亮的卡片，卡片上印着花束和高乃依翻译的诗歌：

什么样的魔力能将世俗打败，

并将我带到上帝面前？

芸芸众生无力承载你的希冀，

你若不信，必将遭到报应！

但是，耶利米那句简明扼要的话却更得我的欢心。当时，在选择这张卡片的时候，杰罗姆显然没有对这句话太过留心。不过，现在他跟我的意见已经逐渐趋同，这一点，从他最近写给我的信中便可以找到依据。多谢上帝的庇佑，让我们两个一块儿朝上帝靠拢。

为了让杰罗姆专心读书，我已经改掉了从前的习惯，不再给他写很长的信了。因为我直到现在依然牢记着我们之间的对话。眼下，我跟你说了这么多有关他的事，想必你会觉得我是在补偿自己在他那里的缺失。我不能继续往下写了，就到此为止吧。请你见谅，往后我不会再犯这种错误了。

我该如何看待这封信的内容呢？姨妈为什么要把这封信转寄给我？她老是这么多事，在讨好别人时，也不想想别人会不会领情！阿丽莎说她们之间曾有一次对话，使得阿丽莎不再给我写长信，姨妈到底跟她说了些什么？我真受不了阿丽莎这样对我！有些事她不再跟我说，却在写给别人的信中说了这么多。知道这件事，难道会让我觉得很欣慰吗？信中提及的这些小细节，是我与阿丽莎共同的秘密，可她居然让姨妈成了第三个知情者。瞧她在提及这些秘密时，语气是多么的坦诚自然，还带着些许自嘲的意味，我一面看一面就觉得……唉，我简直被这封信给气昏了头。

阿贝尔说：“兄弟，不是这样的！就是因为收信人不是你，所以你才会这么生气。”现在，我的心事只能在阿贝尔面前吐露了，我们两个每天都混在一起。他始终是我的聆听者，无论我是因为觉得灰心丧气，想得到他人的怜悯，所以抱怨连连，还是纯粹因为觉得孤单，才会唠唠叨叨。虽然我们两人的性格南辕北辙，但我总是相信，不管我遇到什么困难，都能从他那里得到解决的办法。可能这种情况正是由我们相去甚远的性格造就的吧……

阿贝尔说：“我们一起分析一下这封信的内容！”说话间，他便把信放到了书桌上。

我已为这封信生了四天三夜的气！我当然很想听听我的朋友到底是怎么看待它的。

“就让爱情的烈火把提到朱丽叶和泰希艾尔的这几段

烧掉吧！爱情的烈火威力无穷，我们都心知肚明。我觉得，泰希艾尔就如同一只飞蛾，奋不顾身地扑进了火中……”

我有些厌恶阿贝尔说的这个笑话，不由得说道：“先看别的段落吧，把这件事搁到一边。”

他说：“至于别的段落，还不全都是为你而写的。亏你还有这么多怨言！你瞧，字里行间全都是对你的绵绵情意。其实你才是这封信真正的收信人。它从菲力希姨妈那里，转到了你这个真正的主人手上。既然阿丽莎没办法给你写信，便只能想出这个折中的法子，让这位老好人姨妈做你们的信使。难道阿丽莎真会对你的姨妈提起高乃依的诗歌吗？你觉得，你的姨妈能懂吗？另外，我还要提醒你，这首诗真正的作者是拉辛。阿丽莎在写这封信时，其实就是把你当成了她的倾诉对象。只要你不是蠢得无药可救了，我敢保证，用不了两星期，你的表姐又会写出这样一封长信来，而且语气还是这么洒脱自在……”

“她应该不会做这样的事。”

“她会不会做，由你说了算！我的建议，你还有兴趣听听吗？从这一刻开始，爱情与婚姻便成为你的禁忌话题。你要保证，在一段相当长的时间内，都不能违禁。你直到现在还是搞不清楚吗？自从朱丽叶生病以后，爱情与婚姻便成了阿丽莎最苦恼的事情。今后，你要把洛贝尔当成你们之间的主要话题。反正你已将她那愚蠢的弟弟照料得无微不至，不妨就在与她的交流中，反反复复地提及她弟弟。这样一来，她便可以一直保持愉快的心情。在解决别的事情时，也就好办多了。如果她爱的是我，我就给她写这样一封信！”

“她才不会爱上你呢。”

阿贝尔的一席话，成为我的行动指南。没过多长时间，我又重新在阿丽莎写给我的信中，看到了一个生机勃勃的她。至于她是不是真的快乐，我就不能肯定了。等到哪一天，朱丽叶获得幸福，至少是获得一段安定的婚姻时，我与阿丽莎方能抛开一切顾忌，将心底的话全都说出来。

听阿丽莎说，朱丽叶就快康复了，等到七月的时候，她就要结婚了。阿丽莎还说，我跟阿贝尔没法回去参加婚礼了，毕竟婚礼那天我们还要上学……其实，她就是在暗示我们，不要在婚礼上出现。这一点，我当然能看得出来。我跟阿贝尔最终只寄去了祝贺信，没有亲自到场参加婚礼，而我们的借口就是要考试。

朱丽叶结婚以后，差不多又过了半个月，我收到了阿丽莎寄来的信。

亲爱的杰罗姆：

昨天，我很偶然地翻开了一本精美的书，书名叫《拉辛》，我在其中读到了几句诗。将近十年以前，你送给我一张圣诞卡片，我一直将它夹在《圣经》里。在那张卡片上，就印着同样的几句诗：

什么样的魔力能将世俗打败，

并将我带到上帝面前？

芸芸众生无力承载你的希冀，

你若不信，必将遭到报应！

当时，我就吃了一惊。先前，我一直认为这几句诗是高乃依翻译的。原本在我看来，这并不是十分美妙的诗句。我继续往下读，读到第四章的圣歌。我在其中发现了几段我认为非常动人的诗句，遂情不自禁地抄写了一遍，并随着这封信一块儿给你寄过去。你一定已经读过这些诗了，因为我看到了你在页码旁边标注的名字缩写（我喜欢将阿丽莎的名字的第一个字母，标注在我们的书上那些我认为很好的段落旁边。对此，我已经习惯成自然）。我只是为了自娱，才抄写这些诗。因此，就算你已经读过了，也无所谓！起初，我觉得这些是我首先找到的，但原来你一早就读过，还做了标记。我觉得有些气馁，但随即想到，我们对这些诗句的喜爱竟然不谋而合，那种不悦感便马上消失了，我又开心起来。我一面抄写，一面感觉我们两个正一块儿读这些诗：

这振聋发聩的声音中蕴含着永世不变的大智慧，
所有人都要聆听这声音的训导，
我们的子孙后代全都听好了：
茕茕孑立必将一无所获。
虚无缥缈的魂魄简直大错特错，
鲜血如此纯净，居然放任其白白流淌，
以此换得的不过是些不可捉摸的泡影，而非圣饼，
须知圣饼方能填饱你的肚子：
人们以纯净的鲜血为代价，
换来的缘何是更加严重的饥饿？

只有天使能吃到我介绍给你们的这种圣饼，
它由上帝亲手炮制，
原料是顶级的面粉。

如此可口的圣饼，

又怎会出现在凡人的餐桌上！

跟我离开吧，别再对尘世眷恋不舍，

我的所有追随者都将得到圣饼。

你们若想要长命百岁，便来到我身边吧，

给你这圣饼，请享用它吧！

…………

魂魄受束缚其实是一件幸事，

上帝的锁链将使你的内心恢复平和，

永生泉奔流不息，

解你口渴。

所有人都能随意饮用永生泉水，

永生泉水甘愿为任何人解渴。

偏偏人们四下乱跑，

一定要去寻觅泥沼，寻觅水塘，

它们全都在欺骗世人，

它们的水随时有可能消失。

杰罗姆，多好的诗啊！你是不是也跟我的感觉一样，认为它们简直太好了？我还在书上看到这样一个标注，据说在听到这首歌从德·欧玛尔小姐口中唱出来时，德·曼特侬侯爵夫人“有几颗泪珠掉落下来”，还让德·欧玛尔小姐将其中的一段又唱了一遍，看样子夫人非常欣赏这首歌。我不停地背诵着这些诗句，将它们牢牢记在心底。只可惜，你从未给我背诵过这首诗，这是我仅有的遗憾。

不断有好消息从那对出去旅行的新婚夫妇那里传来。起初，他们到了炎热的巴永讷与比亚里茨。据说，朱丽叶在那两个地方玩得开心极了。接下来，他们到了风塔拉比亚，继而是布尔戈斯——他们在那里略作停留，单是比利牛斯山，他们就翻了两次……他们眼下正在蒙塞拉，朱丽叶写给我的这封快活无比的信，就是从那里寄过来的。九月份以前，爱德华一定要返回尼姆，部署葡萄的采摘工作。不过，在返回尼姆之前，他们预计将在巴塞罗那待上十天。

一个星期以前，我就跟父亲回到了风格斯马尔庄园。明天，阿什步桐小姐就要过来了，而洛贝尔将在四天后返回。洛贝尔的考试不及格，真是太可怜了。他遇上了一个刁钻的主考官，完全应付不来。要说他的考题，倒并不算难。那名主考官想必特别爱给考生出难题，要不然洛贝尔怎么会不及格呢？我相信，他在考前一定复习得很不错，因为你在写给我的信里，总是说他读书非常努力。

亲爱的朋友，我认为你取得这样好的成绩根本就是自然而然的事，请原谅我不能因此对你表示恭贺。我总是对你充满信心，杰罗姆，每当你在我的脑海中出现时，我就觉得前方一片光明。有件事上回你曾对我提过，我想问你，可否从现在开始，就将其付诸行动？

…………

这边的花园还跟以前一样，但房屋却跟以前大不一样了，里面冷冷清清。现在你能理解我今年不想让你来这边的原因了吗？你不来的话，会让我觉得好过一点。但是，我们分开了这么长时间，对我而言，真是一种折磨……我在读书的时候，有时会突然回过头去张望……我总是有种感觉，你就在我周围的某个地方，所以我时常会忍不住到处寻觅你的踪迹。

这么晚了，我还在给你写信，其余的人都已经开始做梦了。我面前的窗户大开着，今天的天气很暖和，有一股香味儿飘荡在花园中。童年时代，每次有美好的事物进入我们的视线或是听力范围内，我们都会暗想：感谢上帝创造出这样的东西来。不知你对此还有印象吗？今天，我感谢上帝将如此美妙的夜晚创造出来！这样的念头整晚都充斥在我的脑海中。忽然之间，我真想看到你马上出现在我身边。我甚至有种感觉，你已经来到了我身旁。可能你对我这种热切的期盼也感同身受吧。

你给我的信里提到了这样一句话：一颗生来就善良质朴的心。这句话融和了感恩与赞赏，说得简直太好了……我想在这封信里告诉你很多事，那些事多得惊人！——朱丽叶提及的那个国度，总是被明媚的阳光笼罩。眼下，它再度浮现在我的脑海中。还有其他的国度，它们有着更明媚的阳光，更广阔的领土，同样在我的脑海中浮现出来。我有个想法十分奇诡，要如何才能将其变为现实，我并不清楚，但我坚信它一定会变成现实：在未来的某一天，将有一个未知的庞大国度出现在我与你面前……

读到这封信时，我简直高兴得忘乎所以，与此同时，我的眼泪纷纷落下，它们都是为爱情而落的呀！这样的一幕，你应该能想象得出来吧。接下来，我又陆续收到了几封信。我没到风格斯马尔庄园去，是顺应阿丽莎的心意。

今年我不再去那里，同样是为了满足阿丽莎的要求。然而，在阿丽莎写给我的信中，我却处处感受到她对我回去的期盼，她期盼我能陪伴在她身边。为什么我就是不能满足她呢？究竟是什么让我如此坚持？是阿贝尔，我之所以能得到现在的快乐，不就是因为听从了他的建议吗？如果我不坚持按照原计划进行，只怕会功亏一篑。另外，我无法畅快地表露自己的情感，与我与生俱来的呆板也密不可分。

我在之后收到的几封信中，摘抄了以下内容。

亲爱的杰罗姆：

我非常高兴地读完了你写给我的信。你从奥尔维耶托那边寄给我一封信，我刚要给你写回信，哪曾想马上又收到了你写来的两封信，寄信的地址分别是阿西西与佩罗贾。我的魂魄好像已经脱离了肉身，飞到这几个城市去了。在翁布里亚的大道上，留下了我们两个的足迹。早上，我们一起出发，晨曦在我们眼中与以往截然不同……你是否曾在科尔托纳向我高呼？那声音真真切切地传入了我的耳朵里……当我们爬上阿西西的一座山时，只觉口干舌燥！我得到了一杯甘甜的水，是灰衣修士递给我的！亲爱的朋友，所有这些信息，都是由你传达到我这里的。你在信中提到了圣方济各，你写的那些话我真是喜欢极了！我们要追求的是热情，而非灵魂的放纵。自满是放纵的必然结果。理想的树立，对我们而言，是服从，不是抗拒……

上帝有心要给予我尽可能多的快乐，所以从尼姆传到我这里的，也全都是些好消息。可惜，父亲的心情一直很低落，这是今年夏季仅有的一个坏消息。他一直都满面愁容，无论我怎样照顾他，都无济于事。其实应该这样说，当我陪在他身边时，他的心情还算不错，一旦我从他身边离开，哀伤便会马上将他牢牢控制住。他不再关注自然界中发出的任何声音，无论身边的动植物多么生机勃勃，对他来说，都像不存在一样。至于阿什步桐小姐，她的近况还算不错。我把你寄来的信念给她和父亲听。你写的一封信，足够让我们三人接连讨论三天。三天以后，我们便收到了新的来信。

…………

前天，洛贝尔从家里启程出发了。他要到一位R姓朋友家中去，这位朋友的父亲是一名农场主，洛贝尔将在那座农场中度过自己假期的最后几日。洛贝尔显然觉得我们生活得不够愉快。他要求离开这里，除了答应他的要求，我还能做什么呢？

…………

我有数不清的事情想要告诉你！如果能一直往下说，永远都不必停下来，该有多好啊！我有时候厘不清自己的逻辑，也不知道该怎样将事情表达清楚。就像今天晚上，我觉得自己像在梦中给你写了这封信。我觉得自己拥有无数的财宝想要送给你，与此同时，你也有无数的财宝想要送给我，我觉得压力简直太大了。

回想从前，我与你居然能接连几个月不通信，我们是如何做到的？哦，那是我们的冬眠阶段，一定是这样的。我只愿那个无言的冬天永不再来，那是多么恐怖的一段时期啊！自从我们恢复交流以后，无论是现实生活也好，内心世界也罢，在我看来，都变得美妙动人，且充满生机。

九月十二日

我已经收到了你从比萨寄给我的信。风格斯马尔庄园的天空同样晴朗无云。此刻的诺曼底，美得简直超越了以往任何一个时刻。前天，我一个人出去散步。

我在原野上走了很久才返回家中，沐浴过灿烂的阳光之后，我觉得高兴极了。我的情绪如此高涨，以至于毫无疲惫的感觉。草垛在炽烈的阳光照耀下，实在太好看了！万事万物在我看来，都是这样美妙，我甚至已经不必再幻想当自己身处意大利时，会见到怎样一番景象。

我听到了你口中的来自自然界的“赞歌大合唱”，我明白这就是欢快的赞美。鸟鸣声声，花香馥郁，每一声鸟鸣，每一朵鲜花，都在抒发着赞美之情。祈祷的唯一方式，正是这种赞美。这便是我从中获得的启发。我与圣方济各都在反复呼唤着：“上帝啊！上帝啊！”不是其他的任何一个人。爱意充斥着我们的内心，而这种爱意是只可意会的。

不过，我断然不会去做修女，你大可放心！最近几天一直在下雨，我趁着这段时间读了很多书。书像是给予了我很多存储空间，帮我把赞美全都收纳进去了……一合上马勒伯朗士的书，马上又打开了《写给克拉克的信》，作者是莱布尼茨。短暂的休息过后，我又读了一本乏味的《钦契一家》，是雪莱写的；另外，还有一本《含羞草》……在我看来，雪莱与拜伦的作品全都加在一块儿，也没有济慈的那四首赞歌写得好，那些赞歌正是去年夏天我们两个一块儿读的。不过，我这样说，你大概会觉得很不满。不止如此，我还认为，波德莱尔写的那几首十四行诗，要胜过雨果创作的所有作品的总和。一名诗人最重要的是“纯粹”，而非“伟大”。“伟大”二字，其实并无多大意义……亲爱的兄弟，若不是你，我如何能对这些产生了解与爱慕呢？我真要好好地感谢你啊！

…………

请你不要压缩你的行程，匆匆赶回来跟我见面，与我共度几日幸福时光。现阶段，我们最好不要相见。我这样说，是非常严肃认真的。当我们相聚之时，我对你的思念就会停滞。对于这一点，请你不要存有任何质疑，希望你也不要因此感到伤心。最近这段时间，我并不想见到你。你想听我说心里话吗？要是你告诉我，今晚你会过来找我的话……我现在就会避到什么地方去。

这样的……情感，我无法给你一个明确的解释，请你也不要逼我解释什么。眼下，我唯一清楚的就是，我对你思念从来没有丝毫的停歇。我觉得维持这种现状，对我而言就已经很快乐了。想来你在知道这件事以后，也将获得足够的快乐。

…………

我快离开意大利时，最后的这封信才到达我手上。回到法国，我马上就进入部队，开始服兵役。我服兵役的地点是在南锡，在这座城市中，我连半个亲戚或朋友都没有。我成了孤家寡人，但这也不是什么坏事。在这里，我与阿丽莎形成了一种明确的关系：我仅有的避风港，就是她写给我的信；我仅有的完美，就是我对她的思念之情。

部队之中的规章制度非常严格，但这些并未给我造成任何束缚与压力。我很容易就适应了这种氛围，不管遇到何种困难，我都能克服。在我给阿丽莎的信里写道，唯一让我不满的就是，我们不能生活在一块儿。上帝为了考验我们两个是否足够勇敢，才会造就我们之间这段漫长的分离。这是我与阿丽莎达成的一种共识。阿丽莎在寄给我的信中写道："你总是连一句怨言都没有。你灰心丧气的时候是什么模样呢？我简直想象不出来……"无论有什么困难降临到我头上，我都可以咬牙承受下去，因为我要证明，她的话是对的。

其实，我们分开已经近一年了，但阿丽莎好像觉得，我们才刚刚分手。我在写给她的信里，表达了对这件事的不满。对此，她的回应如下：

你真是个忘性子！你到意大利旅行时，我不是一直陪伴在你身边吗？我们有哪一天没在一起呢？我之所以说我们现在正处于分离状态，不过是因为从现在开始，我没办法继续陪伴在你身边了。我也曾努力发挥自己的想象力，试图让一身戎装的你清晰地呈现在我的脑海中……然而，不管我怎样努力，都是徒劳。在我的脑海中，只能浮现出这样一个画面：外面天色已黑，你待在小小的宿舍中，要么在读我的信，要么在给我写信……再过一年，你就会重新出现在风格斯马尔庄园或是勒阿弗尔。这样的画面，同样出现在了我的脑海中。

再过一年！已经流逝的时光，根本不在我的计算范围之内。未来的某一日在我的注视下缓步到来，那才是我关注的焦点。有些菊花生长在花园的边缘处，旁边是一堵墙，不是很高，但爬起来还是有危险。我们几个曾爬上这堵墙，当时，你与朱丽叶便如同穆斯林奔向天堂一般，爬得无所顾忌。而我从一开始爬的时候，便觉阵阵头昏。你高声提醒我：“往上爬！不要低头！不要朝脚下看！往上爬，别后退！目标就在你上面！”你最终先爬到墙上等我。你的行动远比你的话语更有力量。我专注地望着你，已经感觉不到头昏了，也不再哆嗦了。你敞开怀抱迎接着我，我径直爬到你身边，纵身投入你的怀中……

杰罗姆，你是我最大的依靠。要是你不能再给我依靠，我便不知该如何是好了。所以，请你不要变得脆弱，请你务必要保持你的强大，给予我最坚实的依靠。

我与阿丽莎或许是因为恐惧，恐惧真正的重逢没有想象中那么美好，或许纯粹是想考验自己，总之，我们两个有意将分离的时间拉长。新年期间，我会放几天假。我们两个决定，在那段时间，我返回巴黎，跟阿什步桐小姐在一起……

我在引用我们的信件时，通常都是摘录其中的一部分。关于这一点，我在前面已经说过了。二月中旬，阿丽莎又寄了一封信给我，内容如下：

前天，我从巴黎大道的M书店门前经过，见到阿贝尔写的书就摆放在书店的橱窗里。当时我简直兴奋极了！我从来没想过，他真能写出一本书来，虽然我先前也曾听你提过他的计划。我情不自禁地走进了书店，不过在决定要不要买这本书时，我迟疑了很久，因为这本书的名字实在太滑稽了。我当时就想，只要能从这家店里走出去，不管买什么书都行。正好有几本他写的《淫猥》就摆放在收银台前，我十分庆幸，赶紧拿起其中的一本，付了一百个苏，连一句话也没说，就离开了那里。

阿贝尔没将他的书邮寄给我，真叫我由衷感激他！我在将那本书打开以后，马上就有了一种羞耻的感觉。我在这本书里看到的多数是愚蠢的言辞，至于龌龊的言辞倒没看到多少。所以，我并非是因为这本书而感到羞耻，真正叫我无地自容的是书的作者阿贝尔，他可是你的好朋友啊。有评论家在《时代》杂志上赞美这本书的作者是一名“卓越的天才”，但我在看完这本书以后，却完全没有这种感觉。在勒阿弗尔，有些人时常会凑在一起，以阿贝尔的作品为题，进行交流。根据他们的说法，这是一本极好的书。他们用“动人”

与“流畅”这两个词来形容阿贝尔的作品，但在我看来，阿贝尔在写书方面的才能非常平庸，他写出来的东西，简直叫人无法理解。当然了，我的这些读后感就只跟你一个人说，在其他人面前，我一直小心翼翼地保持缄默。起初，渥迪埃牧师自然觉得很难过，其后，身边的人不断地劝导他，说他的儿子是如何优秀，他的信念便开始动摇了，在难过与骄傲之间左右徘徊。昨天，大家聚集在普朗蒂埃姑姑家中，忽然有位V姓夫人说：“牧师先生，你一定很欣慰吧，你的儿子如今已是功成名就！”渥迪埃牧师忐忑地答道：“哦，上帝，我尚未考虑这么多……”姑姑急忙说：“这些你迟早会考虑到的！迟早会考虑到的！”她那种鼓励的口吻，让包括牧师在内的所有人都笑起来。姑姑当然是出于好心，才会这样说。有报道称，阿贝尔近期正在创作一个名叫《新阿伯拉尔》的剧本，这出戏将会在某家通俗戏院中上演，不知最终的效果如何……阿贝尔真是可怜啊！他一直强烈地希望能获得成功，莫非这便是他预想中的成功？他能从中体会到满足感与成就感吗？

昨天，我读了《永远的慰藉》，其中写道：“只有将尘世间的荣光舍弃，才能获得自己内心深处真正向往的荣光，那样的荣光才能永久维持。一个人，如果对尘世间的荣光毫无鄙薄之心，那么他对上帝赐予的荣光，也不会有强烈的爱慕之情。”我暗想：谢谢上帝将这种超凡脱俗的荣光赐予了杰罗姆，尘世间的荣光与之完全没有可比性。

生活乏善可陈，时间缓缓流淌。只是在我看来，这段日子并不难熬，因为对过去的记忆，对未来的憧憬，才是最常浮现在我脑海中的事情。

等六月到来之际，朱丽叶的孩子就要出生了。阿丽莎和舅舅原本计划到那时再去尼姆探望她，但是后来他们却提前出发了，因为尼姆那边出了些状况。

阿丽莎到达尼姆后，给我写了这样一封信：

你寄给我的上一封信，在我们出发之后才抵达勒阿弗尔。不知为什么，这封信辗转到达我这儿，已经是一个礼拜以后的事了。我的魂魄在那一个礼拜的时间里不知去向了何处，我脆弱极了，心里非常害怕，不断地胡思乱想。我要想到达甚或是超出自己的真实高度，就必须有你陪伴在我身边……啊，亲爱的兄弟！

朱丽叶的分娩日期并不确定，幸而她的身体已经好了很多。因此，我们并无过多的焦虑，只是耐心地等下去。我们在抵达艾格-威弗之后，第二天朱丽叶便问我："杰罗姆最近过得还好吗？他是不是经常写信给你？"我就把实情告诉了她。"下次你写信给他，记得跟他说……"她顿一顿，旋即又微笑着用非常柔和的声音补充道，"……跟他说，我已经康复了。"——在她写给我的信中，处处洋溢着欢喜的氛围，但我觉得那只是她自欺欺人罢了……她曾经梦想得到的，与她现在拥有的，相差甚远。虽然她表面看起来很快乐，但她只有实现了自己的梦想，才能得到真正的快乐！快乐应该是发自内心的，至于外界那些让人快乐的物质条件，则显得不那么重要了！我有很多的感想，都是一个人漫步于灌木丛边时想到的，不过，现在不是说这些的时候。我只想说一句话：我并无更加愉快的感觉，这是最叫我觉得匪夷所思的一件事。我本应为朱丽叶的快乐而欣慰的……但我偏就是如此的悲伤，我无法从这悲伤中脱身，我甚至连自己悲伤的缘由都找不到……你去意大利旅行时给我写信，当时我看到的一切，都是因为你的引导与帮助。如今，我看到的一切，则像是从你手中窃取的，我再也无法借助你的引导看到万事万物。另外，在风格斯马尔庄园和勒阿弗尔时，我拥有了一种能力，可以对下雨天泰然处之。然而，眼下在这儿，这种能力忽然就从我身上消失了，这让我有种惶恐的感觉。每次看到这儿的人对我笑，或是看到这儿的景致，我都会觉得很不开心。他们特别喜欢热闹，或许我的“苦闷”不过是与他们的热闹毫无共同之处而已……我到了这个人生地不熟的地方，被当地人的热闹包围，便觉得像是遭到了侮辱。这说明，在我先前的欢乐情绪之中，一定有少量的傲气。

自从来到这个地方，我便觉得上帝已经从原先的地方走开了，因此，我便很少再向上帝祈祷。这种想法十分孩子气。就写到这里吧，是时候跟你说一声再会了。我对上帝如此的不恭，还将自己的哀伤与脆弱全都展露了出来，并在这封信里，将这些一五一十地告诉了你，这真叫我无地自容。要是今天晚上，我没有把这封信寄出去，等到明天，它应该就会被我撕了……

阿丽莎在接下来的一封信中，只字不提自己的感受，通篇都是在写朱丽叶刚刚诞生的女儿。她说朱丽叶和舅舅都非常快活，还说孩子的教母很可能由她来担当。

七月，朱丽叶去了风格斯马尔庄园，于是，阿丽莎接下来的信便是由那里寄出的……

爱德华与朱丽叶于今早动身离去。我那小小的教女，最叫我恋恋不舍。从她出生至今，我时刻关注着她，亲眼看着她做出每一个动作。等到六个月以后，再见到她时，她所有的动作应该都跟现在大不一样了吧。人类的成长过程真是神奇，简直让人难以置信！我们之所以没有时常为此感到惊讶，不过是由于我们的疏忽大意。我曾长时间地注视着摇篮中的小生命，她的未来一片光明。人类在成长到一定阶段以后，就会突然定型，殊不知那时的人类与上帝之间还隔着一段漫长的距离。人类是多么的骄傲自满，多么的缺乏上进心，才会造就这种现象。我真希望，所有人都有意愿，并且有能力，尽可能地去接近上帝！

一开始看到朱丽叶不再读书，也不再弹琴，我觉得很难过，但是现在我却发现，她其实很快乐。朱丽叶是个聪明人，所以才会做出这样的选择。读书与弹琴都不是爱德华·泰希艾尔的爱好，如果朱丽叶继续维持这两种爱好，他们夫妻两人便无法在这些方面进行沟通交流。现在，朱丽叶的兴趣已经转移到了爱德华的生意上。爱德华将自己的各项生意逐一介绍给妻子。他的生意今年发展得很快。他说，勒阿弗尔那么多客户之所以愿意跟他合作，完全是因为他娶了朱丽叶的缘故。这当然只是句玩笑话。爱德华上次出去谈生意时，把洛贝尔也带上了。对于这个小舅子，爱德华可以说是照顾有加。他说自己已经知道了洛贝尔是个什么样的小伙子，要是洛贝尔能真正对自己的生意感兴趣，那就再好不过了。

最近，父亲的精神状态恢复了不少。他像是一下子年轻了好几岁，农场和花园再度成为他的关注对象，他甚至还会像从前那样，叫我大声读书给他听。如果不是因为朱丽叶现在过得这样快活，父亲怎么可能欣慰至此？前些天，阿什步桐小姐在这里住了一段日子。我便为父亲和她朗读了一本游记，作者是德·于波奈伯爵。在朗读的过程中，这本游记把我深深地吸引住了。后来，朱丽叶一家到访，我的朗读随即暂停。眼下，我用来读书的时间，与先前相比更充裕了。为了找到一本对我有吸引力的书，今天上午我翻了很多本书，结果竟一无所获，希望你能给我推荐几本……

阿丽莎终于在信中对我流露出了急切而朦胧的爱意。夏季就要结束的时候，我收到了这样一封信：

先前我只字不提自己有多么期待你的归来，那是因为我害怕你会因此感到忧虑。每一日对我而言都是这样的难熬，让我几乎感到窒息。我要等到两个月之后，才能跟你重逢！尽管我们已经分离了这么长时间，但是我觉得这两个月要漫长过那些时间的总和！我做了很多事情来打发这些煎熬的时光。可我觉得这所有的事情都是权宜之计，不值一提。现在我做什么事都没有了耐性，因为我的耐性都已被自己强行驱逐了。无论是读书还是漫步，都让我觉得乏味至极。花园中的馥郁香气与斑斓色彩，一下子全都消失了。自然界的一切魅力均已消失得无影无踪。我忽然想到，不管你愿意与否，每天都必须接受严格的军事训练，十分辛苦，但我竟然因此对你产生了羡慕之情。白天，你被那样的训练折磨得苦不堪言，根本没空思考什么。到了晚上，你早已疲乏至极，很快就睡着了。你绘声绘色地向我描绘你们的训练，我觉得心痒难耐，接连失眠了好几天。我曾被起床的号角声吓醒，那不是幻觉，那是真正的号角声，而且不止一次地在我耳边吹响。现在我完全可以想象得到，早上起床后，你有点睡意蒙眬，但心情十分愉悦，那究竟是怎样的一种感受。清晨，阳光明媚，凉风习习，站在马尔泽维尔高原上，放眼四周，该是何等壮美的景象……

最近，我有点不舒服，不过没关系，可能是因为太心急了吧，巴不得你可以马上出现在我面前。

过了六个礼拜，又有一封信寄到我手中：

亲爱的朋友，这是我最后一次写信给你。我不能继续给你写信了，因为你很快就会回来了，虽然具体是哪一天现在还没有定下来。在这个季节，风格斯马尔庄园简直冷极了，父亲不断地要求我跟他返回城里。

所以，我在风格斯马尔庄园跟你重逢的原计划便无法实施了。我相信，菲力希姑姑一定会非常欢迎你的到来，所以你先到她家去住，会是一个不错的选择。当然了，我们家也非常欢迎你，反正现在朱丽叶和洛贝尔都不在家。

眼见我们重逢的日子一天天临近了，我也一天比一天心急。有件事我已经努力不再去想了，那就是我如此期待与你重逢，但事到如今，竟对与你重逢有些畏惧，我的心急几乎已经演变成了一种恐慌。每当我幻想着，你将门铃按响，然后走上楼梯时，便会觉得浑身不舒服，有时候连心跳都静止了……我还能说些什么呢？请你不要再对此抱有希望了……我觉得，我的前途已是一片黑暗，而我的过去也已经走到了终点。我的一生就此定格了……

在我的兵役结束前一个礼拜，也就是收到这封信后的第四天，她又写了一封简短的信，寄到了我的手中，这是我始料未及的。她在信中说：

亲爱的朋友，你说你不想在勒阿弗尔待很长一段时间，我们已经分开了这么久，你也不想让我们的首次重逢太过冗长，对于这些，我都非常赞同。当我们真正面对面时，只怕会无言以对，毕竟我们已经将所有的话都在信里说清楚了。你到二十八号就该返回巴黎去登记了，属于我们的时间虽然只有两天，但是你也不必因此感到遗憾，因为我们还有漫长的人生要一块儿度过呢。你不必迟疑，到了登记的那一天，只管回去就好了。

第六章

CHAPTER 6

我与阿丽莎在姨妈家中首度重逢。忽然之间，我有种感觉，兵役把我变成了一个笨重的家伙……我的变化，阿丽莎肯定也觉察到了。不过，首度重逢时产生这样的错误认识，对我与阿丽莎而言都无所谓。起初，我很担心会对她产生陌生感，所以连直视她的勇气都没有……哦，旁人非要把未婚夫与未婚妻这两个荒谬的头衔强加给我们，为了让我们两个能单独相处，所有人都善解人意地出去了，这些才是叫我们如此窘迫的主要原因。

很显然，姨妈就是不想打搅我们两个，所以才要躲出去。阿丽莎忍不住冲着她叫道："姑姑，我们两个的谈话并不牵涉任何机密，你在这里，绝不会给我们造成半点儿不便！"

"亲爱的孩子，不是这么回事！你们两个的事情，我再清楚不过了。你们已经分开了这么长时间，肯定有很多话要跟对方说……"

"姑姑，请你不要出去好不好，要不然我们两个就真的不高兴了。"我觉得阿丽莎的语气之中带点怒意，但是我又不能确定。

其实，我也有点畏于跟阿丽莎单独相处，于是笑道："姨妈，要是你离开了这里，我发誓我们两个就什么都不说了。"姨妈终于留了下来，跟我们两个说些无关紧要的话题。我们三个都有些心慌意乱，但都不想让人看出来，便假装情绪高涨，高兴得简直忘乎所以。当晚，我与阿丽莎道别时，并没有什么特别的感觉，相反，能从这场戏中解脱出来，让我俩都觉得十分高兴。另外，舅舅已经对我提出邀约，叫我第二天去他家用午餐。如此一来，我便又能见到阿丽莎了。

翌日到达舅舅家中时，距离约定时间尚早。正好阿丽莎有个女朋友过来拜访，我到的时候，她们两个正在聊天。出于礼貌，阿丽莎不便叫那女孩走。那女孩也不知道自行离开，真是有点不识相。好不容易等到她走了，我与阿丽莎终于有机会单独相处。干吗不叫客人留下来，跟我们一块儿用餐呢？这时，我又装起糊涂来。我与阿丽莎都是满脸倦容，毫无精神，因为我俩昨晚都失眠了。当我看到舅父时，只觉他比先前又老了许多。现在跟舅父说话时，必须要把声音提得很高，因为他耳背得厉害，若不这样，压根儿就不能让他明白我的意思。这样一来，我的话听上去就特别傻。

因为我们早就跟普朗蒂埃姨妈约好了，所以用完午餐以后，姨妈就驾车过来，要把我们送到奥尔舍去。由于沿途有一片风光简直漂亮极了，因此姨妈便计划在返回途中经过那里的时候，就叫我与阿丽莎下车，徒步经过那片区域。

那是十分炎热的一天，尽管当时已经秋末。我与阿丽莎徒步经过的那片海岸，周围连遮挡阳光的屏障都没有，植物的叶子全都掉光了，我们两个被太阳直晒着，哪里还有闲情逸致观赏景色。我与阿丽莎走得很快，因为我们都不想让姨妈在车上久等。我已经不知道该如何跟阿丽莎搭讪了，因为我的头简直痛极了。于是，我便拉住阿丽莎的手，继续往前走。这样做，至少能让我看上去比较自然，也许还能给我的沉默找个借口。对于我这个举动，阿丽莎并无异议。我们两个都情绪高涨，疾步前行，因为行走的速度实在太快了，不由得大口喘着粗气。我俩的脸都涨红了，两个人默然相对，实在是太窘迫了。阿丽莎的脸红彤彤的，看上去很不妙，而我的太阳穴也跳得厉害。我们彼此交握的两只手很快就松开了，我们的手已被汗水浸湿，继续拉手显然不是个明智的选择。我们的手垂落下去，彼此都满心凄苦。

姨妈选择了另一条道，把车开得极为缓慢，就是希望能让我们有充足的时间，在一块儿交流。可是，我们走得太快了，等抵达路口时，姨妈的汽车还没过来。我们到路旁的一道坡上坐了下来。冷不防一阵寒风袭来，让我们被汗水浸湿的身体马上打起了寒战。我与阿丽莎旋即起身，等候姨妈开车过来……姨妈跟我们聊起了订婚的话题，因为在姨妈看来，我与阿丽莎一定已经聊了很多。这种过度的关怀叫阿丽莎觉得难以承受，她的眼泪都要掉下来了，只好说自己头痛极了，避开了姨妈的询问。所有人都不再说话，就这样默默地回到了家中。

第二天醒来时，我感觉自己全身上下都很不舒服，疲累得要命，并伴有轻微的感冒症状。中午过后，我终于下定决心，再到布柯兰舅舅家走一趟。正好马德兰·普朗蒂埃也在那里，她是菲力希姨妈的孙女，最近几天都将在姨妈家中度过。阿丽莎很喜欢跟她闲谈。当我走进房中时，马德兰马上大声说："等过一阵子，你回去的时候，若想去'山那边'，便跟我一块儿走好吗？"

尽管明知如此一来，我与阿丽莎私下交谈的计划便会再度落空，但我还是下意识地点头答应了下来。好在昨日的窘迫并没有重演，多亏了有马德兰这个活泼的小女孩。起初，我还忧心我们会找不到聊天的话题，但我们三个却聊得轻松自在。辞别时，阿丽莎对着我笑了笑，那笑容看上去有些怪异。再过两天，我就要离开这里了，但她似乎还没意识到这一点。这天的分别并不悲伤，因为我与阿丽莎马上还有机会再见。

然而，我在用过晚餐后，心里忽然有些忐忑。我从山上下来，接下来将近一个钟头，我一直在城里闲逛。后来，我终于下定决心，又去了布柯兰舅舅家。阿丽莎正在楼上她自己的那间房中，她有些不舒服，这会儿想必已经睡觉了。招呼我的是布柯兰舅舅，我们两个在一块交谈，很快我就告辞了……

类似的意外事件已在我与阿丽莎的会面过程中接连出现了好几回。然而，我们又能抱怨些什么呢？我们两个在会面时，即便没有出现这些意外，同样会陷入窘境。阿丽莎对此也有所察觉，这使得我非常难过，其他任何事都不会叫我难过成这样。返回巴黎后，我马上就收到了她的信：

亲爱的朋友，我们之间的这次会面，简直太让人难过了！在你看来，外人好像才是造成这一切的罪魁祸首，然而，在你的内心深处，并不是这样认为的。直到这一刻，我才意识到，我们的一生都将延续这种状态。啊，我们从此便不再相见了吧，请你答应我这个请求！

我们见面以后，是如此的窘迫，两两相对，连一句话都说不出来，但我们的心里明明就埋藏着很多话要告诉对方，这究竟是怎么一回事呢？你刚回来时，极少讲话。当时我觉得那只是暂时的，你一定有很多动听的话要跟我说，如果不将这些话说完，你便不会从我身边离开。于是，我满心欢喜地期待着。

后来，在从奥尔舍返回的途中，我们两个一起走了一段路，那真是一段感伤的经历。特别是，当我们松开彼此交握的双手时，我的心都要碎了。你将我的手松开，并不是最让我难过的事。那一刻，握着我的手已经让你有了一种不舒服的感觉，既是如此，就算你不松开我的手，我也一样会松开你的手。这件事才是最叫我难过的。

翌日，即昨天，整整一个上午，我都在等你。我等得焦躁极了，几乎要发了狂。我无法继续待在家里，索性去了海岸那边。我留了张便条给你，好让你来的时候，知道该去何处找我。我在海岸上待了很长时间，海浪在我面前不断翻涌。我依然觉得十分凄苦，只因身边没有你相伴。回家的途中，有个念头忽然闯入我的脑海：也许这会儿你正在我的房中，等候我回去。昨天，马德兰说要过来跟我见面，我叫她下午过来，因为我觉得你上午会来见我。因此，这天下午，我们便没机会单独相处了。然而，这一次，我们久别重逢，仅有的一段美妙经历恰恰就出现在这个下午，对此居功至伟的应该是马德兰吧。有时，我甚至觉得，在接下来的相当长的一段时间内，我们会一直这样快活地畅谈下去，这种感觉实在太神奇了……那时候，我与马德兰一块儿在长沙发上坐着。忽然，你走过来，弯下腰冲着我说了一声“再会”，我马上意识到，你就要离开这里了，这次的见面就要画上终止符了。想是这样想，但我却没有出声回应你。

你跟马德兰离开以后，我立即就有了一种感觉：这件事根本不会发生，而我也根本不能承受。我从家里出去了！这是你始料未及的吧。我希望能对你说出所有我想对你说，但尚未说出口的话。我冲着菲力希姑姑家的方向迅速迈开脚步……但我终究还是没有勇气真的过去找你，因为当时已经太晚了……我的希望又一次落空。于是，我返回家中，打算写一封信给你……这将会是我给你写的最后一封信……我要跟你永别了……先前，我们之间的信件往来就如同梦一样，我们两个在信中所说的那些话，无一不是写给自己看的。对于这一点，我已深有体会……啊！杰罗姆！我们再也不要往来了，杰罗姆！

那封永别信已经被我撕掉了，你现在看到的这封信，内容跟它基本没什么区别。亲爱的朋友，我依旧深爱着你，跟从前一样，甚至更深！我在深爱着你的同时，又有种深切的无望感。这种感觉对现在的我而言异常强烈，甚至超越了以往任何一个时刻。依据就是，现在一旦接近你，我便会觉得手足无措。我们之间的距离越遥远，我对你的爱就越深刻。这一点，我无法否认，我也希望你能有所了解。我一早就该想到，这件事迟早会发展到这个地步！而最终使我豁然开朗的，却是在此次重逢之前，我的期盼竟强烈到那种地步。你一定要相信这件事，不要对此有丝毫怀疑。我深爱的兄弟，就此永别了。要想远离惩罚，就只能去接近上帝，但愿你能得到上帝的庇护与引导。

翌日，我又收到了她对这封信的补充说明。她似乎还嫌伤我不够深，竟这样写道：

你应当小心对待我们两个的事情，这是我在寄出这封信前对你的提醒。你让朱丽叶和阿贝尔都成了知情人，这给我造成了不少的伤害。据此，我断定，理性因素在你的爱情之中占据了主导地位，你的爱很执著，这是一种建立在理性基础上的忠实情感。这一点，你尚未意识到。

她之所以会加上这些话，显然是担心我会把这封信给阿贝尔看。她为什么会变得如此小心谨慎，究竟是什么让她产生了怀疑？我的很多做法的确源自朋友的建议，莫非我的言行举止已将这些暴露在了她眼前？

毫无疑问，阿丽莎如此叮嘱我，是完全没有必要的。因为我与阿贝尔的亲密关系早就已经结束了，我们两人各走各路，互不干涉。无论我的痛苦多么沉重，多么煎熬，我都会一个人默默地忍受下去。

我接连抱怨了三天时间，想写信给阿丽莎，却担心真的跟她争辩起来时，因为难免会情绪激动，口不择言，要是闹到无可挽回的地步，那该怎么办呢？总之，叫我忧心的事情实在是太多了。我把这封信写了一遍又一遍，我对阿丽莎的爱完全表现在字里行间。我每回读这封信时，都忍不住要哭，直到现在依然如此。我下定决心要将这封信寄给阿丽莎，而这封信的复件则被我的眼泪浸透了：

阿丽莎！请你怜悯一下我，也怜悯一下你自己吧！我看了你写给我的信，简直太伤心了。我多么想无视你提到的这些隐忧！的确，从很久以前，我便知道你终有一天会这样对我说，但是我却一直佯装不知道。这些你所笃信的事实，不过是你凭空想象出来的，你将它们想得如此恐怖，如此强大，并强行安插在你我之间，成为一道不可逾越的障碍！

你若是觉得，你爱我已经不像从前那样深了……

唉！提出这个假设并非我的本意，它简直太冷血无情了。就算是在你的信中，你也从未肯定过这个假设！你现在的担忧只是暂时的，根本没必要小题大做。阿丽莎！我现在已经不知该说什么好了，我的心痛得呻吟不止。每次我想用理论说服别人时，就会这样。我对你的爱越是深厚，就越是无法在你面前表现得聪明伶俐，甚至连话都不愿跟你讲。你叫我如何向你解释何谓“理性之爱”？我用自己全部的灵魂深爱着你，至于其中哪部分是出自感性，哪部分是出自理性，如何能分辨得清呢？我恳请你，短时期内不要再给我写信了，我也不会再给你写信了，反正你现在已是如此地厌恶我们之间的书信往来，反正你将我们从极高的地方丢进残酷的现实，使我们饱受创伤的罪魁祸首正是这些书信，反正你觉得你写这些信，仅仅是为了给自己看，若是再从你手中收到这样一封信，我会连拆开阅读的勇气都没有。

接下来，我要求跟她再见一次面。因为她给我们的感情发展做出的决定，我完全无法接受，我请求她务必要重新考虑过后，再做打算。上次见面，在天时、地利、人和三个方面，我们都没有占到丝毫优势。而且，我们之前往来的信件写得太过理想化，一旦面对现实，难免会产生很大的心理落差。鉴于此，我们实在不宜在下次见面前再进行任何信件往来，或是其他任何形式的交流。我请求在来年春季的风格斯马尔庄园再与她相见。毕竟，我们在那里有很多共同的经历，它们都将会成为我说服阿丽莎的帮手。并且，舅舅也已经答应让我在复活节时到他那里度假。如果阿丽莎开心的话，我便在那里多待几天，反之，就早些离开。

就这么定了。我将信寄出以后，马上开始努力读书。

距离圣诞节还有四天的时候，阿什步桐小姐过世了。这样一来，我与阿丽莎不必等到今年年末，便又可以见面了。其实，早在几个月前，阿什步桐小姐的身体就已发出了预警信号。她临死前，我一直陪在她身边。当初服完兵役，回到巴黎以后，我就跟她在一块儿住，极少有分开的时候。为了表达对我的慰问之情，阿丽莎寄了一张卡片给我。另外，她还表明，由于舅舅不能过来，所以她来只是为了参加葬礼，来时她将搭乘第一班列车，走时她将搭乘当日的第二班列车。我们早已达成共识，要避免一切交流。对此，她显然还记得非常清楚。

整支送葬队伍基本上就由两个人组成——我与阿丽莎。我们两个并肩而行，默默地跟在阿什步桐小姐的棺材后面。进入教堂后，我们又坐到了一起。她几度含情脉脉地望着我，我已经暗自察觉到了。

分手时，她这样跟我说："一切就等复活节的时候再说吧。"

"嗯，不过，复活节的时候……"

"我会等着你的。"

来到墓园的门口时，我提议送她到火车站去。哪知她叫过一辆车，急匆匆地就走了，甚至没跟我说一声再见。

第七章

CHAPTER 7

四月末，我再次抵达风格斯马尔庄园。起初，我觉得非常失落，因为阿丽莎并没有马上出来迎接我的到来。然而，没过多久，我又醒悟到，如此一来，便不必与她在初相见时多说一些无谓的客套话，我因此很感激她。舅舅亲吻了我，好像父亲在亲吻自己的儿子。他跟我说："到花园去吧，阿丽莎正在那里等着你。"

我走向花园的环形路口，在这样的季节里，路口旁边的灌木，如丁香花、马加木、锦带花、金雀花等全都已经盛放了。阿丽莎正在花园深处等我。我选择了另外一条小道缓步走过去，此处环境幽静，又被树丛遮挡，既不能让我从远处望见她，也不能让她遥遥望见我，正合我的心意。今天的天气很暖和，天空非常干净，且光芒闪烁，快活得就像此刻的我。当我走到阿丽莎的背后时，她竟没注意到我，她肯定没想到我会选择这条小道。我在原地静止了……时间仿佛也一同静止了。我暗想：这正是幸福降临的前一刻，它比幸福真正降临时还要动人，人世间最动人的时刻或许就是此刻……

我原本打算再上前几步，跪到阿丽莎面前。哪知刚迈开步子，就被阿丽莎察觉了。她一下子站起身来，一件刺绣的半成品掉在地上——刚才她一直在忙这个。她将双手放到我的肩膀上，笑盈盈地注视着我，双眼流露出绵绵情意。在一段时间内，她一直维持着这个姿势，却没有说什么话。我也没有任何言语或是动作。她身上穿着一袭白裙，童年时代的笑容此刻又在她的面孔上出现了，虽然这张面孔平日里总是肃穆得有点儿过头。

忽然之间，我大声说："阿丽莎，你若是不开心的话，我就不会在这里多待一天，尽管我放了十二天假。我们先确定一个秘密信号，一旦这个信号出现，就表明你要求我在第二天马上从这里离开。对此，我绝不会怨天尤人。第二天一到，我马上就走。你愿意接受这个提议吗？"

我在说这些话的时候，没有感到半分不自在。因为，在此之前，我从未想过自己会这样说。

阿丽莎思索了一段时间，终于说道：“那条带有紫晶十字架吊坠的项链，你一直都很喜欢，今晚吃饭时，要是它没有出现在我的脖子上……我的意思，你了解了吗？”

“那表明我明天就得离开这里。”

“你真的可以做到不唉声叹气，也不掉一滴眼泪，就离开这里吗？”

“连道别也不可以。与你相处的最后一个晚上，我在跟你说再见时，依旧是轻描淡写，跟先前那晚没有任何区别。我的心意，你真的领会了吗？你会忍不住这样暗自忧心。然而，到了翌日清晨，你便会发觉，我早已默默地离开了此地。”

“我不会在第二天去找你。”

我亲吻了一下她的手，说：“别给我任何信号，直到你要求我离开的前一晚。在此之前，就让我安安心心地待在这里吧。”

“你在自行离开之前，也不要给我任何信号。”

此次见面实在是太庄重肃穆了，只怕会让我们觉得窘迫。眼下，是时候调节一下气氛了。我说：“我真想可以跟你一起平静地度过这些天……我们不要赋予这些天任何特殊的意义，这就是我的意思。而且……要是从最初的时候，我们就没有忙着说那个……”

阿丽莎笑了。

我又说：“总有什么事情，是我们两个能够一块儿做的吧？”

园艺一直是我们的共同爱好。这里原先的园丁经验丰富，但最近来的这个明显比不上他。我们需要做的工作有很多，因为花园已有两个月没好好打理了。蔷薇之中，有一部分生长得枝繁叶茂，但需要剪掉许多干枯的枝条；有些藤蔓因为支架的倾塌而四处蔓延；有些枝叶的长势实在是太疯狂了，将全部养分据为己有。先前由我们嫁接的，占据了其中的大部分。哪些是我嫁接的，哪些是阿丽莎嫁接的，我们都能分辨得出来。我们耗费了足足三天时间，才将这些活计做完。在此期间，我们聊了很多，但并未牵涉到任何庄重的话题。就算是彼此无话可说时，也不会给我们造成心理压力。

渐渐地，我们又习惯了对方。我把这样的习惯当成是自己的依靠，并不打算再向阿丽莎阐述什么。我们慢慢遗忘了那个有关分别的信号约定。有种矛盾的心理一直隐藏在我的内心世界，对此阿丽莎一直很是忧心，但是，现在这种矛盾的心理已经越来越淡化了。就连阿丽莎心中的恐慌，也比从前减轻了不少，关于这一点，我时常会有所察觉。比起去年秋季，我来看她的时候，她现在的状态可以说是大为改观，每天都生机勃发。我觉得，她先前从未像现在这样好看过。此番我来到这里，尚未给过她一个拥抱。每晚，她的胸衣上都会光芒闪烁，那是一条金链子，底端挂着那只紫晶十字架。自信与希望重新回到我身边。仅仅是希望吗？不，我已完全确定下来了。并且在我看来，阿丽莎也持有同样的想法。我不再怀疑她的心，因为我已不再怀疑自己的心。我们在聊天时的顾忌，也越来越少了。

这天早上的天气非常好，让人不由得满心欢喜。我忍不住说道："眼下朱丽叶已经过上了无比快乐的生活，阿丽莎，你觉得我们两个是不是也应该……"

我一边凝视着她，一边缓缓地说出这些话。她的脸一下子变得苍白至极，我未说出口的话也随之咽回了肚子里。

她对我说："朋友，我觉得跟你在一起的时候，简直快活极了。以前，我从来没有想过，一个人能拥有如此强烈的快乐。但是，我们并非为了得到快乐才存活在这个世界上，请你务必要相信我。"说这些话时，她并没有看着我。

我很激动，情不自禁地叫起来：“人类的最高目标不是快乐，又是什么呢？”

“是神圣……”阿丽莎嗫嚅道。这并非我的耳朵听到的，而是我的心猜测到的，因为她在说这句话的时候，声音简直低不可闻。

所有快乐都丢弃了我，振翅高飞。

我说：“只有跟你在一起，我才能做到这一点。”我哭得跟个小孩子似的，额头还紧靠在她的膝盖上。我的眼泪是为爱情而流，与悲伤无关。我反复地强调：“我一定要跟你在一起才能做到！一定要跟你在一起才能做到！”

与以往的任何一天相同，这一天也走到了尽头。不过，在这天晚上，那只紫晶十字架并未在阿丽莎的脖子上出现。第二天早上，我连道别的话都没跟她说，就匆匆离开了，以此履行了先前对她的承诺。

两天以后，有一封信寄到了我手上。信的内容非常怪异，并以莎士比亚的几句诗作为开头：

再度演奏这支曲子，它有着渐渐消沉的节奏，
仿佛被清风吹动的紫罗兰般，从我耳边经过；
温柔的声音将紫罗兰的清香窃走，然后再送回来。

别再演奏下去了，这些已经足够；

先前的甜美，如今已不复存在。

…………

亲爱的兄弟，整整一个上午，我一直在到处寻找你，我无法让自己不这样做！这就是事实！你履行了你的承诺，却让我有些怨恨你。我根本不能相信，你的确已经离开了这里。这不过是游戏而已，我不断地对自己说，说不定什么时候，他就会走出树林，走进我的视线范围。——然而，事实并非如此！你千真万确已经不在这里了。我很感激你这样做。

那天我想了很多，我愿将自己想到的说给你听——如果不这样做，将来我会对你心存歉疚。另外，我还觉得非常担忧，尽管我并不清楚自己为何会担忧，但这种担忧的的确确是存在的。

在你来到风格斯马尔庄园以后，起初与你待在一块儿的几个钟头，有种神奇的满足感充斥着我的身心。我觉得很吃惊，没过多长时间，我又觉得很忐忑。你曾告诉我："没有其他要求了，我已心满意足！"我觉得忐忑的原因就在于此……

我是在向你表达我的内心真挚而热烈的感情，我很担心你会误会我，最担心你会将这视作某种高水准的推断。

你曾对我说，无法让人心满意足的快乐便不是快乐。对此，你还有印象吗？你对我说这句话时，我完全不知该怎样应对。——快乐怎么可能叫我们心满意足呢，杰罗姆？这是不可能的。给我们满足感，并非它的职责所在。在我看来，现实中并不存在这种快乐的满足感。无数的痛楚会被它掩藏，这一点，去年秋季我们重逢时，就已心知肚明。

存在于现实中！不是这样的！上帝保佑！另外一种快乐，才是我们追求的目标……

去年秋季的重逢，被我们的信件往来毁灭。今天，我写给你的信，则被昨日与你的相聚毁灭。两者是一样的道理。以前给你写信时，我总是全身心沉浸其中，现在为何却做不到了？在爱情中，我们期待获取的所有幸福，都已被信件与会面毁灭了。我无法再忍耐下去，我要大叫："别再演奏下去了！这些已经足够！先前的甜美，如今已不复存在。"就跟奥西诺在《第十二夜》中所说的一样。

朋友，再见了。"从这一刻起，请将上帝作为你的挚爱。”啊！我对你的深情，你是否清楚……

你永远的阿丽莎

高尚的品德就如同圈套，叫我无法应对。在我心目中，高尚的品德与爱情是一体的，我会在所有壮举面前迷失方向，然后竭尽全力去模仿。我最冲动的热情，因为这封信而被激发出来。我之所以不断追求高尚的品德，不过是因为阿丽莎。延伸至高处的所有小道，不管我选择了哪一条，都能与她汇聚到一起。大地，请你迅速收缩吧，缩到仅能容下我与她，就最好了！

我写了封很长的信寄给她：

我心目中最好的感情就是爱情，是它承载着我除此之外的一切品格。我能超越自我，完全是因为爱情。你一旦离开我，就会将我马上推落到谷底。那些坎坷的小道，之所以会成为我眼中的坦途，正是因为我心中充满希望，日后一定会与你在这些小道上汇合。

这封信的其余部分，我已经没有印象了。她在回信中这样写道：

神圣是我的使命（为了强调这两个字，她特意在下面画了三道横杠），而非选择。同时，这也是你的使命，除非你已不再是我心目中的那个你。

我有种感觉：此后，不管我多么坚持，也不管我想出什么法子，都没办法再挽回什么，我们的信件往来就此结束了。

可我到底又写了一封饱含深情的长信给她。在第三封信寄出去以后，她寄来了一封简短的回信：

朋友：

真正让我厌倦的是信件本身，而不是你。但是，我在读了你的这几封信以后，觉得很高兴。只是，我不应这样霸占着你的内心，我对你的愧疚感与日俱增。

就要到夏天了。九月的下半个月，你到风格斯马尔庄园跟我一起生活吧。从现在开始，这种书信往来就暂停了吧。你愿意答应我吗？你若不再写信给我的话，就是答应了，希望你会这样做。

我不再写信给她。她要求我保持缄默，显然是为了最后再考验我一次。抵达风格斯马尔庄园时，我已读了好几个月的书，还出去旅游了好几个礼拜，整个人变得信念坚定，不再心浮气躁了。

这样短短的几句话，如何能将这件迷惑我的事说清楚呢？我从那以后，就沉浸在悲伤之中，无法自拔。阿丽莎那颗跳动的心，一直埋藏着对我的深爱，我却被她表面的伪装而蒙蔽，没有看清她的真心。为此，直到现在，我依然无法宽恕自己。当时，这表面的伪装竟让我深信不疑，叫我对她心存怨怼……阿丽莎，不是这样的，我从未对你心存怨怼！我哭得那样伤心，就是因为我看不清你的真心。你使出这样残酷的招数，一味对我保持沉默，正是因为你对我的深爱啊！如今回想起来，我终于明白你对我的爱有多深。既然如此，你伤我越深，我对你的爱就该越深，难道不是这样吗？

我并不清楚到底是什么给我带来了这么多折磨，阿丽莎也一直在逃避，不想回应我的疑问。我有时难免会心生疑惑，这些折磨难道是我自己臆想出来的？我不能再对阿丽莎有怨言了。此次见面，她对我的殷勤招待，已经超越了先前的任何一次。我在跟她见面的第一天，简直有点摸不着头脑……她把头发全都往后梳，这种新发型使得她的脸看上去非常僵硬。一件很不合身的暗色粗布胸衣，让她身上的线条都走了样。不过，这些都无所谓。她要这样补偿我，就由着她好了。说不定明天这些就会改变了，要么是她自动改变，要么是响应我的要求……她对我的殷切关怀，达到了前所未有的程度，这更叫我觉得不安。她这样做，不是受情感而是受信念驱使。说白了，只是一种礼仪，与爱情无关。

我在晚间时分进入大厅，却找不到原先放在那里的钢琴了。我又失望又吃惊，不由得大叫起来。

阿丽莎波澜不惊地说道："我们把钢琴送去修理了。"

舅舅厉声责怪她说："这架钢琴你弹了这么久，一直都很不错。我已经说过好多遍了，就算要修也不必急于一时，至少要等杰罗姆离开以后。你瞧，现在这个重大的娱乐项目就这样没了……"

阿丽莎红着脸说："爸爸，这架钢琴即便是杰罗姆也没法再弹了，因为最近它的音质实在是太差了。"

舅舅说："我听你弹起来还可以啊。"

阿丽莎垂首像是在计算椅套上的针脚数目。这样过了很长一段时间，忽然之间，她又走出门去了。等她再回来时，手上已多了一杯药茶，这是舅舅每晚都要服用的。

翌日，阿丽莎的胸衣和发型都跟前一天一模一样。她在房前的一条长椅上坐下，开始缝缝补补，一连缝补了好多天……她的双眼暗淡无光，面无表情，可见这样的工作已经耗光了她的全部精力。

第一晚，我简直认不出这张木然的脸了。我凝视着她，良久过后，她仍未感知到我的眼神。我惊叫道："阿丽莎！"

她仰头问道："怎么了？"

"你的心好像在距离我很远的地方，所以我想知道，当我讲话时，你能否听到。"

"我不是就在你眼前吗？只是做针线活需要格外认真罢了。"

"你想让我在旁边帮你朗读吗？"

"我没有多余的精力去听了。"

"你干吗非要做这种活计呢？多费神啊！"

"这种活不做也不行啊。"

"许多女人家境贫寒，为了养家糊口，才会做这种活计。做这个又费神，又没什么意义，你不至于是为了节省一点点开支，才亲力亲为吧？"

她马上跟我说，她已经很久不再做其他活计了，因为做这种缝补的活计，最能取悦她。现在若叫她再做其他活计，应该都做不好了……她微笑着柔声说出这些话。我感受到了一种前所未有的悲伤。她的表情在无声地问我："为何你听了这些平淡无奇的事情，竟会满面愁容？"我想拼死反抗，无奈连一个字都说不出来。

我们在第三天时，一块去采摘玫瑰。我应阿丽莎的要求，将玫瑰送去她的房间。我的内心马上涌出了无限希望，因为那天我还未迈进她的房间一步呢！我心中的阴霾只需她说句话便消散了。那一刻，我觉得自己先前那样悲伤，实在没有必要。

她的房间总是布置得很雅致，很温馨，打眼一看，便知是阿丽莎的专属。我每回进去时，都觉得很紧张。那天，我走进她的房间，却见到原先挂在她床头上的两幅马萨乔的画的仿制品已经不见了。那是我从意大利带回来送给她的。而我们共同累积的那些书也已从她的书架上消失了，取而代之的是一堆无聊的宗教宣传手册。我很吃惊，一下子抬起头来。阿丽莎正像往常一样，笑盈盈地看着我。

她马上解释说："看到我的书架之后，你立即就变了脸色。我一看到你这个反应就想笑，希望你不要介意……"

"这就是你现在读的书？"

"没错，这难道不正常吗？"

“一个在好书中浸淫良久的智者，怎么还会有兴趣读这些无聊的册子呢？”

“我不明白你的意思。我喜欢这些册子，它们的灵魂十分质朴，能与我毫无障碍地进行交流。”

“这就是你的全部读物吗？”

“对。而且，我并没有很多闲暇时间进行阅读。以前你让我读那些巨著，现在回想起来，只觉自己当时就好似《圣经》中提到的竭力想要拔高自己的那类人。”

“你为什么要给自己如此怪异的评语，你是从哪个文学家那里得到了这种启发？”

“那名文学家叫帕斯卡尔。我在阅读时，顺理成章地就想到了这些……”

阿丽莎仿佛背台词一般说出这些话。我忍不住了，朝她做个手势，示意她不要再说了。然而，她只是顿了一顿，随即又继续往下说。

我与她争论起来，可惜却无法说服她。

最后，她说：“上一回阅读帕斯卡尔时，我真正明白了上帝的一句话：‘一个人若想挽回自己的性命，便必死无疑。’我只能看明白这些，别的部分我都很难理解。”

“要是你想让我陪你一块儿阅读这些……”

“你天生是要做大事的，这些不是你应该读的书！”她的话这样无情，让我的心都碎了。然而，她的语气却如此轻描淡写，仿佛对此一无所知。烈火在我心中熊熊燃烧起来。我想大哭，我的泪水或许能叫她屈服。我还想再说些什么，但我已经说不出话来了。对于我所遭受的折磨，阿丽莎要么就是真的没有注意到，要么就是在假装……

铃声响起，提醒我们该去用午餐了。

她说：“等下一次再聊，你先去吃饭吧，等我忙完这些，午餐肯定已经结束了。”

没有下一次了。阿丽莎总是有忙不完的事情，偶尔抽出一点点时间陪我聊天，也像在哄小孩一样迁就我。她笑容满面，又满不在乎地疾步来到我身边，我在她眼中就像个陌生人，根本无法靠近她的心。她在冲我笑的时候，像是在挑衅，也像是在嘲笑。她成功避开了我，这让她觉得快活……可我并不想埋怨其他人，我不知道自己因何要埋怨她，也不知道该对她有怎样的期望，只能将罪责全都揽到自己身上。

假期就快结束了。我并不希望让时间慢下来，或是在这里再多住几天。因为我待在这儿，承受的痛苦只会与日俱增。阿丽莎带我去泥煤矿场的那天，距离我离开还有两天时间。秋季的夜晚，天朗气清，视线可以一直延伸至天际。最缥缈的过往，这时也在我的眼前呈现出来。我忍不住发出怨言，自己今日遭受的痛楚，皆因先前的无数快乐都已消失。

阿丽莎马上说：“我也无计可施，朋友，谁让你为一只幽魂坠入了情网呢？”

“不是幽魂。”

“那便是一个虚构的人。”

“她不是我虚构的。我只是想让从前的恋人再回到我的身边。阿丽莎，你究竟对自己做了些什么？你身上究竟出现了怎样的变化？过去，你可是我的恋人啊！”

她将一朵花的花瓣缓缓撕下来，垂首沉默良久，才说道：“你对我的爱已经不像先前那样深刻了，为何你就是不肯承认呢？”

我气冲冲地叫道：“事实并不是这样的！现在我对你的爱，已经超越了以往任何一个时刻。”

她肩头微耸，努力想笑一笑：“你一面爱我……一面又可怜我！”

我像是踩空了一样，拼命想抓到什么，好支撑住自己的身体：“放任我的爱情死去，我做不到！”

“但它一定会死的，世间的一切都会死的。”

“除非我死了，我才会让它跟我一起死。”

“时间会让爱情逐渐淡化。你记忆中的阿丽莎，才是你口中的挚爱。将来，除了你曾爱过她以外，其余的一切都将从你的记忆中消失。”

“你觉得，她在我心里的位置，可以被其他人代替，或是你认为我可以不再爱她，所以你才会这样说。莫非你已经忘了，我也曾是你的挚爱啊？为什么你一定要让我这样痛苦呢？”

阿丽莎惨白的双唇哆嗦起来。她嗫嚅道：“在这件事上，她从未变过。”

我握住她的手臂，说：“一切都将维持原状。”

“为什么你没有勇气说出那句话呢？你一说出来，不就什么都明白了吗？”

“哪句话？”

“我已经老了。”

我马上说，我与她的年龄差是不会改变的，她老了，我也同样老了……

然而，未等我说服她，她便再度平静下来。我的辩驳最终并未收到任何成效。

两天后，我怀着满腔怨愤，离开了这里。之后，我被推荐到雅典学院深造。我觉得很开心，并非是因为深造本身，而是因为我可以借机远离先前的一切。

第八章

CHAPTER 8

三年后的夏末，我才再度与阿丽莎重逢。大概在十个月前，我在巴勒斯坦旅行期间，收到了她的信，说舅舅因病去世了。我给她回了一封长信,可她并未再回信给我……

之后，我因故到勒阿弗尔去，在无意之中走到了风格斯马尔庄园。我担心阿丽莎正忙着接待什么人，所以尽管明知她近在眼前，也没有勇气直接进去见她。我犹豫了很久，最终决定穿过那道小门，到花园里去。

小门上了一条门闩，只要撞一下就能开了。我正打算采取行动，忽然有脚步声传过来。我急忙到墙角中躲了起来。

有人走出花园，轻声问道:“是杰罗姆吗?”

我听得出那是阿丽莎的声音，虽然我看不清她的身影。我的心原本跳动得厉害，这时骤然静止了。我甚至根本就说不出话来。

阿丽莎又大声问了一遍:“是杰罗姆吗?”

她的呼唤让我兴奋得跪到了地上。阿丽莎没听到我的回应，便继续往前走。当她经过墙角时，一下子就与我靠得这样近。我像是不敢立即与她面对面，慌忙捂住了自己的面孔。她弯下腰来，打量了我很久。我将她的双手全都吻了个遍。

“你干吗要躲在这里?”听她的语气，我们仿佛只是分开了几天，而非漫长的三年。

“我躲在这里，你是怎么知道的?”

“我一直在这里等你。”

我大吃一惊:“等我?”

“我们坐到长椅上去吧。最近三天，每到黄昏时分，我便会到这里来叫你，就跟我刚才所做的一样。因为我觉得你一定会过来的……可是，你怎么不答应我一声呢?”

我拼命让自己的情绪缓和下来，说:“我只是顺道经过勒阿弗尔，忽然想来这边，看看花园和这条小道……”

阿丽莎忽然打断我:“最近三天的黄昏，我一直在这里读这些东西。”说着，她便将一些信件交给了我。那是当年我在意大利时寄给她的信。我看着她，只见她苍白消瘦，样貌已跟从前大相径庭，我觉得心痛极了。我询问起她的生活现状，而她则问起了我的工作现状。我想叫她觉得我对现在的工作毫无兴致，便在回答时装出很不情愿的样子。既然她让我的希望落了空，那么我就要让她也得到同样的感受。可是，阿丽莎却没有半点反应。我竭尽全力，用一种极其冷漠的态度面对她。可惜，我的情绪太不稳定，连说话声音都有些发颤。与此同时，我的内心还被怨愤与深爱充斥着。

夕阳西下，彩霞满天。我的怨愤忽然就消失了，心里头只剩下了爱。我就此沉默下来。阿丽莎将一个用纸包着的小东西从怀中取出来，犹犹豫豫地想要交给我。我望着她，有点不明所以。她说："这是那只紫晶十字架，从很久以前，我就打算还给你了。所以，最近三天，每到黄昏，我都会带它过来。"

我冷冰冰地问她："你还给我做什么？"

"就当是我给你的一个纪念品，你可以送给你的女儿。"

"我的女儿？"我吃惊地大叫起来。

"请你不要激动，这件事原本我就说不出口，但又必须要说，请你不要这样看着我。杰罗姆，你迟早是要结婚的……求你不要打断我。我只想让你记得，从前我对你的爱有多深……有个想法，从三年前就藏在我心里了……这只十字架是你很喜欢的，日后你将它送给你的女儿，看到它，你便会想起我。至于它原先的主人是谁，你的女儿是不会知道的……说不定你会用我的名字为她命名……”

我愤怒地叫道：“为什么你不亲自给她戴上？”

她的眼泪没有流出来，只是双唇不住地颤动，像个哭泣的小孩子。她的眼睛光芒闪烁，让她的面孔美得简直如同天使。

“我爱的人只有你，你心里再清楚不过，我的妻子只会是你……”我骤然拥抱住她，狂热地吻着她的嘴。起初，她并没有丝毫抗拒，继而，她又说道：“别将这份爱情彻底毁灭！”

忽然之间，我在她面前跪下了，深情地拥住她说：“我已经等了你这么久，你对我的爱又是这样深刻，可是为何你始终不能答应我的要求呢？”

她嗫嚅道：“无法再后悔了，因为一切都已经过去了。”

“一切都可以挽回。”

“太迟了。我们的希望建筑在爱情的基础上，却又超出了爱情。从那时开始，便已经太迟了。因为有你，才让我的理想上升到一种极致。俗世的幸福会让我的理想从高空坠落。如果我们两个生活在一块儿，那会是怎样的一种景象？这样的念头经常会在我的脑海中浮现。我无法接受我们的爱情出现任何瑕疵……”

“如果失去了彼此，我们又会过上怎样的生活，你想过吗？”

“不！我从未想过这个。”

“你瞧，你离开了我三年，我一直在过着颠沛流离的生活……”

已经是黑夜了。

“这里真冷。”她裹紧披肩，站起身来，让自己的胳膊脱离了我的手，“《圣经》里说：‘上帝将最好的东西，而不是允诺过的东西，留给了我们……’你还有印象吗？我们当初读到这里时，因为忧心自己领会得不够好，所以很忐忑。”

“这些话一直是你的信仰？”

“我无法不信仰它们。”

我们默默地并肩而行。

一段时间过后，阿丽莎又说：“最好的东西！杰罗姆，发挥一下你的想象力吧！”她一下子流出了眼泪，“最好的东西！”

我们抵达菜园的门口，片刻之前，她就是从这里走出来的。

她与我面对面，说道："别再继续前行了！再见了！我的挚爱，就此永别了！最好的东西……从这一刻起，已经来到了你身边。"

她深情地凝视着我，双手放在我的肩头，让我无法靠近她，也无法远离她……

她将门关好，上了门闩。那声音传到我的耳朵里，我马上就扑在地上痛哭起来。

为什么我没有阻止她离去的脚步？为什么我不去把门撞开？为什么我不径直进入那幢白色小楼？没有人会赶我出来。可我不能这样做，就算是现在回想起来，我也依然坚持这个想法。只有完全不明白我的人，才会质疑我当时的做法。

我恐慌极了。过了几天，我终于忍不住将自己在风格斯马尔庄园的经历，以及自己内心的恐惧，写信告诉了朱丽叶。

不到一个月以后，朱丽叶的回信就寄到了我手中：

杰罗姆：

阿丽莎已经去世了……最近几个月，尽管她身上并无明显的症状，但是她的身体却一天比一天虚弱。我哀求了她很久，她才答应去找A医生为自己诊治。据A医生说，她的身体并无大碍。上次，你去探望她，在你离开两天后，她便离家出走了。我跟她的信件往来并不频繁，这件事若非洛贝尔告诉我，我是不会这么快察觉的。她从那以后就音信全无，我简直忧心极了。洛贝尔在几天之后去巴黎找她，结果一无所获。不能再拖延下去了，我们去报了警，最后在一家疗养院里找到了她。但是，已经来不及了！疗养院的院长写来的信和爱德华的电报，同时送到了我手上。我得知，阿丽莎已经离开了人世，而爱德华连她最后一面都没有见到。她在临死前，将我们的地址写下来了。至于遗嘱，她已写在了一封信里。很快我会把信中有关你的那一部分告诉你。她的葬礼在前天举行，爱德华、洛贝尔，以及她的一些病友一起去送她最后一程。我的第五个孩子马上就要出生了，所以我没能过去送她。

我一边给你写信，一边觉得心痛如刀绞。我明白，阿丽莎这一走，一定会让你痛不欲生。我已经接连两天没法下床了，连给你写信都很困难。我已经老了，曾经燃烧的烈火，而今已变成一片灰烬。我什么都看开了，真想再见你一面。有朝一日，你到了尼姆，不管是旅行也好，出差也罢，一定要到艾格-威弗来找我，我们可以一块儿聊聊阿丽莎的事。

过了几天，我收到消息，阿丽莎的遗嘱交代，洛贝尔将成为风格斯马尔庄园的新主人，朱丽叶将继承摆放在她房中的一切，以及几件特定的家具。她留给我的东西，很快将寄到我手中。她曾叫人在她死后把我送的那只紫晶十字架戴到她的脖子上，听爱德华说，他们已经满足了她的遗愿。

在阿丽莎留给我的东西中，有她写的日记。在此，我将其中的一些篇目抄录了下来。

艾格-威弗

离开勒阿弗尔是在前天，抵达尼姆是在昨天。生平第一次外出旅行！我觉得有些无聊，因为家务和饮食现在都不用我再操心了。今天，我就满二十五岁了。为了不让自己太闲，我决定写日记。我觉得很孤独，这种感觉对我而言，可能是前所未有的。我尚未熟悉这个陌生的地方，我以为各个地方的上帝都是一样的，这片土地也会像诺曼底一样，讲很多趣事给我听。但是，令我惊诧的是，这片土地所使用的语言，我根本就听不懂。

五月二十四日

昨天，父亲在爱德华的带领下，将此处的农场、花园、仓库、葡萄园都游了个遍。今早，我想一个人将这庄园游览一遍。这里笼罩着一种神秘的氛围，让我觉得有些恐慌。

五月二十六日

很久没收到杰罗姆的信了。我只好将自己心中的忐忑说给日记本听。自从来到艾格-威弗以后，一种莫名的感伤一直笼罩在我的心头。我认为，我的心底一早就存有这样的感伤了，不过先前一直隐藏在快乐背后。

五月二十七日

自欺欺人有必要吗？朱丽叶现在生活得很快乐，我理应为她感到欣慰。我曾经那么希望见到她快乐，就算要以牺牲我的快乐为代价，也在所不惜。想不到，她竟如此轻而易举地就获得了快乐，这太出乎我们两个的预料了，让我觉得非常难过！这真是一件说不清楚的事情！我有种受伤的感觉，朱丽叶的快乐并非建筑在我的牺牲之上，我是否牺牲自我，对她的快乐没有半分影响。我的自私让我难以接受这样的事实。

眼下，让我觉得忐忑的缘由就是收不到杰罗姆的信。我需要问清楚自己：牺牲自我，是否源自我的真心？我之所以有种受伤的感觉，就是因为上帝已经不需要我再做出牺牲了。是否我从最初就没有自我牺牲的决心呢？

五月二十八日

真是太恐怖了，我怎么能将自己的哀伤解剖得如此彻底！日记已吸引了我所有的注意力。我还以为自己已经改掉了自怜自伤的毛病，想不到因为这本日记，便再度复发了。起初，我以为自己是因为无事可做才写这本日记，但实际上却是因为哀伤。我许久没有感受到哀伤这种“犯罪心理”了，我厌憎这样的心理状态，必须要将它从我的心中驱逐出去。我应该在日记的帮助下，再将快乐找回来。

哀伤实在是太不简单了。从前，我连自己为何会感到快活都不理会。

我在家里时，也是孤孤单单的……但我从未有孤独的感觉，这是什么原因呢？收到杰罗姆从意大利给我写来的信，我知道，不管有没有我，他都一样可以生活下去。那时，我觉得，只要在精神世界中，我们是在一起的，连幸福都是共享的，便已经足够了。可是，如今我却发现，不管多美的景色，没有他陪我一起观赏，都是一片黯淡。我想让他回到我身边，我已经控制不住自己的感情了……

六月十日

小丽丝的出世，让我有很长一段时间都没有写日记。每晚我都要守在朱丽叶身边。我已经没兴致将我在信中对杰罗姆说的那些事写成日记了。大多数女人都已习惯事无巨细全都记录在日记中。我一定不能这样做。我要让日记帮助我不断改正自己的缺点。

在写下面这篇日记时，她已经回到了风格斯马尔庄园：

七月十六日

朱丽叶现在过得很快乐，我根本不能质疑她的快乐……可是，当我接近她时，为何总会觉得这样的快乐是有瑕疵的？——我是否觉得，这种快乐会扼杀人的灵魂，因为它来得毫不费力，又是如此的现实……

快乐的结果，与追求快乐的过程，究竟哪个才是我真正想要的？上帝保佑，不要让我的快乐来得太快！请让我学会该如何让快乐来得迟一些，等到我接近上帝时，再获得快乐也不迟。

下面的日记记录的肯定是那次糟糕的重逢，这部分日记都已经被撕掉了。新的日记在第二年才开始记录，想必当时我已经到了风格斯马尔庄园，不过具体是哪一天，却没有标注。

有时候，他对我说话，我就觉得像在直面自己的灵魂。他将我的一切分析给我听。我如何能在失去他以后，继续存活在这个世界上？只有他，才能让我有存在感……

按照世人的标准来看，我真的爱上他了吗？我眼中的爱情，与世人眼中的爱情，实在是大相径庭。如果我在爱他时，自己却对此一无所知，而他也全不知情，那该多好啊！

我的生活中若缺少了他，快乐也就无从说起。我不过是为了他，才会努力培养高尚的品德。可是，每次与他相处，我的这些品德便不知去向了何处。

今早，我们走进那条林荫小道，在长椅上坐了下来。沉默良久过后，他忽然问我，是不是真的有转世轮回。

我马上大声说道："当然有了，我确定它存在，而非期盼它存在……"刹那间，我意识到，这句话包含了我的一切信仰。

"你对待生活的态度，会因为信仰的失去，而产生很大的变化吗？"他问。

"我不清楚。不如以你为例吧，一旦你坚定了自己的信仰，你对生活的态度也会就此确定下来。我不会爱一个已经发生改变的你。"

杰罗姆，来生的回报，并不是驱使我们追求高尚品德的原动力。同样的，我们彼此相爱，也并非因为想从对方那里得到什么。高贵的灵魂会因为对回报的希冀受损。对高贵的灵魂来说，高尚的品德只是一种表现的途径，而非额外的装饰。

昨晚，我与爸爸单独相处。他与我聊起了妈妈。

自从妈妈走后，他便绝口不再提及有关她的事。我忍不住问他，今晚为什么要对我讲这些。

他说："我进入大厅时，看到你正在长沙发上躺着。在那个瞬间，我竟把你看成了你的妈妈。"

今晚还发生了一件事，所以我要做出如此详细的记录……我坐在椅子上看书，杰罗姆趴在我的肩膀上，跟我一块儿看。我能感觉到他，却看不到他。我心里慌乱极了，若无其事地继续读书，但是已经完全读不进脑子里去了。我匆忙走出了大厅，要不然再过一段时间，我恐怕就无法控制自己了。好在杰罗姆并未察觉我的异样……等到大厅中只余下我自己时，我便在长沙发上躺下来，并回想起了妈妈，偏巧就在那时，爸爸在我身上看到了妈妈的影子。

昨夜，我不停地回忆往昔，悔不当初，难以安然入睡。我该如何学会厌憎丑恶？上帝啊，请帮助我吧。

杰罗姆并未意识到，有时候，我需要的只是他的一个小小的动作而已……

童年时代，我就期盼自己能更美一些，以便取悦他。其实，我对完美的追求，一直都是受他的驱使。然而，只有离开他，我才能实现真正的完美。在上帝对我的所有教导中，最叫我难以理解的，就是这一点。

最大的幸福莫过于同时拥有爱情与高尚的品德。爱情是不是高尚品德的全部组成部分？爱情与高尚的品德，有时甚至是完全背道而驰的。怎能将我的天性归为高尚品德的范畴？这根本就是个谎言！

今早，我在读拉布吕耶尔的书时，读到了一个段落："有时，人会得到珍贵至极的快乐与誓言，但它们却不容于世。这时，我们便期盼能将它们割舍，用高尚的品德取而代之。"

不容于世？为何我会有这样荒谬的想法？莫非我正承受着另外一种诱惑，甚至超过了爱情的诱惑？真希望两人爱到极致，一同到达爱情之上的高度！

现在，我就是他接近上帝的唯一阻碍。当初，他因为爱我才能不断接近上帝，现在，他却因为爱我，变得无法接近上帝。他既已将我视作自己的信仰，又如何能全力以赴，追求高尚的品德？我是如此的软弱，在爱情面前，全无反抗的余地。既然如此，上帝啊，请让我去终止他对我的爱吧。我们之中务必要有一人率先获得高尚的品德，如今就让我牺牲自己，让一切高尚的品德都归于他吧……与他分离的确会让我觉得哀伤，然而，我们会得到回报的，将来我们将重逢于上帝身旁……

上帝啊！他的人生理想不应停留在爱情的高度，否则，只怕我对他的爱也无法维系下去吧。幸福会让所有高尚受限！

周日

“上帝将更好的东西留给我们。”

五月三日周三

幸福就在他触手可及的地方……

我牺牲了自我，就在今早与他的谈话过程中。

周一晚

明天他就要离开了……

杰罗姆，我一直深爱着你。然而，我一生一世都不能让你知道。与你分开以后，尽管内心凄苦，但我却重获自由。

上帝啊，我和杰罗姆想要一块儿接近您，可通往您那里的路实在是太窄了，仅容一人通过。

七月四日

已经有六个多礼拜没写日记了。

我原本是为了脱离他才写日记，如今却像把日记当成了写给他的信。

我撕掉了所有专为他而写的日记。其实，我应该撕掉所有涉及他的日记，或者直接将整本日记都撕掉……然而，我并没有这样做。

只是将那部分日记撕掉，便让我有了一种骄傲的感觉……我竟将最关键的日记都毁了，如何能不心生骄傲呢？

七月六日

我必须对自己的书进行筛选……

为了避开他，我清理了很多书，但还是没能如愿。他为我朗读的声音不断地在我耳畔回响。只有他的爱好才能激发我的爱好，他的思想被我拿来当成是我自己的思想。

为了不再模仿他说话的方式，我特意将部分日记写得很差劲。可我若不是对他难以忘怀，又怎会这样做？于是，我将《圣经》作为自己一段时期内的唯一读物。每天，我会将自己读过的部分段落摘抄下来，作为当天的日记。

七月二十日

“卖掉你的一切，用所得来救济穷苦百姓。”我觉得，我的心不应只献给杰罗姆，穷苦百姓也应从我这里受益。我这样做，也在为他树立榜样啊！上帝啊，请让勇气重回我身边吧。

七月二十四日

我开始读《效法基督》，《永久安慰》被我放到了一旁。

“在追求高尚品德的过程中，你将为别人，也为自己奉献莫大的幸福。一旦明白了这一点，你便能得到更为强大的动力。”

八月十日

我热切地呼唤着上帝……这种热切的源头并非杰罗姆，而是上帝本身。与此同时，杰罗姆却总是出现在我与上帝中间，这又是怎么一回事呢？

八月十四日

为了做完这件事，我花费了两个多月的时间……上帝啊，请向我伸出援手吧！

八月二十日

我内心的牺牲尚未完成，如若不然，我不会如此哀伤。我从他那里获得的快乐，真正的源头其实是上帝。

八月二十八日

高尚的品德距离我总是这样遥远，我对自己的要求是不是太过严苛了？——别再把这当成自我折磨的借口了。

我将重获勇气的希望完全寄托在上帝身上，这正说明了我内心的软弱啊！不管我向上帝祈祷什么，都是满心幽怨。

八月二十九日

“看，百合正在田野中盛放……”我因为这句话深陷哀伤的情绪，难以自拔。我到底要去往何处，才能寻觅到上帝的影踪？

九月十六日晚十点

他出现在这座楼里，有光射出他的窗户，落到草地上。我又看到了他。写这篇日记时，他可能正在思念我，所以尚未休息。他说自己还跟以前一样，我也觉得他说得没错。我已下定决心终止他对我的爱，但我真的可以按照计划行事吗？

九月二十四日

我装出一副冷漠的样子，跟他说了那些绝情的话。我的内心已是波涛翻滚……我不断地躲避着他，直到今早，我终于鼓足勇气面对他。我的目的是否已经达成？我是否已让他的爱情减退？这样的结果是我想看到的，却又不敢看到的……我从来没有像现在这样爱他。

上帝啊，若是只有将我毁灭，才能让他获得救赎，那么请您毁灭我吧！

…………

这就是阿丽莎的第一本日记。第二本日记写在三年后的九月，地点是在风格斯马尔庄园。在那之后不久，就是我与阿丽莎的最后一次相见。这样看来，中间必然还有一本日记，可惜已经被毁了。

九月十七日

我爱上帝，那是因为有他的存在。

九月二十日

上帝啊，您若想得到我的心，便让我再见他一次吧。

请拿走我的生命，赐予我爱情。

我向您祈祷这些，是多么的不知羞耻啊！无奈我总是无法忘记他，我的心因为他而受到煎熬。

上帝，我恳请您将我从这种煎熬中解救出来吧！

九月二十七日

差不多一宿都在祈祷与思考中度过，黎明到来时，忽觉心平气和。我满心欢喜，很快就进入了梦乡。我相信，他就要来见我了。

九月三十日

杰罗姆，虽然我叫你兄弟，但我对你的爱比对真正的兄弟要深厚得多……我无数次走到树林那边，不断地呼唤着你……每到傍晚时分，我便会走进菜园外面那条林阴小道……我总会在那里看到你，或是听到你的声音……

十月一日

夕阳已经消失了，他依旧没有出现。但我坚信我们很快就能在长椅上并肩而坐，所以我选择等下去……这会儿，他已开始在我身边说话。我的名字从他口中说出来时，是多么动人啊！……他一定会出现！我要与他呼吸相同的空气，还要倚靠着他的肩膀，并让他握住我的手。昨天我想重温他写给我的信，便将它们带在了身上。不过，我并未读这些信，因为他已经将我的心占满了。

我随身带着那只紫晶十字架，准备在他来时，交还给他。等他结婚以后，就用阿丽莎作为他长女的名字，由她来继承这只十字架，而我将会成为她的教母。从很久以前，我就开始做这个梦了，但始终没有勇气告诉他，这究竟是为什么呢？

十月二日

我有种预感，知道他今天一定会过来的，所以我快乐的就像只小鸟一样。我不愿继续将快乐埋藏在心底，我要让所有人都知道这件事……

我苦苦等待着他！上帝啊，请为我开启通往幸福的大门吧，哪怕是几分钟都好啊！

十月三日

他一度在我身边出现，直到现在，我还觉得他并没有离开。但他确实已经离开了，像幻影一样消失得无影无踪。我叫着他的名字，我用自己的嘴唇与双手四处寻觅着他。四周一片漆黑，无论我怎样寻觅，都一无所获……

我无法安心睡觉或是做祷告。我的房间让我觉得恐慌，于是，我又进入了花园，走近那扇小门。我痛苦极了，竟将小门打开，奢望他会再次出现。在黑夜的笼罩下，我继续寻觅着他。然后，我回去写信给他。眼前的痛苦已将我打倒。

杰罗姆，不管是靠近你还是远离你，都让我承受着巨大的痛苦。

信写完了，又被我撕掉重写，然后再撕掉重写……这是一封不会寄出的信。

十月五日

我所拥有的一切都已被上帝夺走，这颗心留在我这里又有什么意义呢？上帝啊，请结束我的生命吧。

我本应按照您的要求，让穷苦百姓成为我的财产继承人。但是，我不舍得将风格斯马尔庄园卖掉，就让洛贝尔来继承它吧。

十月十日

来到巴黎的前两天，我只能躺在床上静养，因为我实在是太疲倦了。

我支付给疗养院很多钱，因此，尽管我没有对他们说出真实的姓名地址，他们还是为我提供了很好的服务。

现在我住的房间很干净，我十分喜欢。在这里，我觉得很快活，这让我自己都很惊讶。如果不是已经对生活彻底失去了希望，我怎么会有这样的感觉呢?如今，我心里便只能留下上帝的位置了……

十月十二日

请您将我的整颗心都拿去吧!就是现在!

某种童真还停留在这颗心上，尽管这颗心看上去已经很老了。我又变成了小女孩，每晚睡觉前，一定要将房间收拾好，将脱下来的衣服叠得整整齐齐的，摆放在床头的位置……我希望可以这样死去。

十月十三日

在毁掉这本日记前，我又将它读了一遍。柯洛蒂尔德·德·渥好像曾说过一句话:“内心崇高之人，不应将自己的恐慌传播给别人。”这话说得真好。

在烧毁这本日记前，我忽然发觉，这本日记的主人已经由我变成了杰罗姆，我无权再毁掉它。回头看来，我的那些忧虑已经无足轻重了，甚至有些滑稽，想必不会再对杰罗姆造成任何影响。我的内心现在无比期盼能攀上高尚品德的巅峰。“上帝啊，我无法攀登至山巅，请您带我上去吧。”

“快乐，因为快乐流出的眼泪……”

前所未有的快乐降临到我头上，任何一种快乐都无法与之媲美，任何一种痛苦都无法与之抗衡。幸福就是那座巅峰的名字……我若想让自己的生命变得有意义，就一定要努力得到这种幸福……对于那些自愿离开尘世的圣洁灵魂，上帝曾许诺，会让幸福马上降临到他们头上。是不是一定要到死的时候，才能体会到幸福？这让我犹豫起来。我拼命呼唤着上帝。身处暗夜之中的我，对白昼是如此的渴望。我拼着死前的最后一口气呼唤着上帝。我渴求即刻获得幸福，请满足我吧……莫非这幸福已经属于我了？黎明尚未到来，急性子的小鸟就唱起歌来，它不是在宣布天已经亮了，它只是在期盼天快亮起来。我是不是也要像它那样，在黎明到来之前便开始呼唤？

十月十六日

杰罗姆，何谓完美的快乐？希望通过我的解释，能让你明白。

今早，我呕吐得厉害，身体变得十分虚弱。我以为自己很快就可以离开人世了，然而，事实并非如此。一开始，我觉得非常心平气和，但一段时间过后，我忽然就恐慌起来，像是将自己的生命全都看穿了，身心都哆嗦起来。这个房间的四面墙壁全都空无一物，简直糟糕透了，而我似乎直到现在才意识到这一点。我就是希望能抚慰自己，让自己镇静下来，才会继续写日记。事实上，我就是觉得很恐惧。希望不会有什么冒犯神明的话从我嘴里说出来。

我还有力气从床上爬起身来，我像孩子一样跪下去……

我只希望在意识到自己的孤苦无依之前，就已离开人世。

已经过去十多年了，去年，我再度与朱丽叶重逢。那次，我只是路过尼姆。

我兴奋地进入了泰希艾尔地处市区的家。此时，朱丽叶无论是身材，还是行走的姿态，抑或是对人的态度，都与姨妈如出一辙。她不停地询问我的近况，我连解答的时间都没有。随即，她又将大家的近况说给我听。

我一边跟她聊天，一边打量着周围的陈设。几件从风格斯马尔庄园搬来的家具，正摆放在客厅中，跟其余的新家具混在一起。朱丽叶要么是有心，要么是无意，总之不再提及过去那些事。

有两名十二三岁的男孩正在楼梯上玩。朱丽叶把他们叫到我身边。她的长女丽丝已经到艾格-威弗去了，同行的还有爱德华。阿丽莎去世时，朱丽叶即将分娩的第五个孩子，如今已经长成十岁的小男孩了。他出生时，叫朱丽叶吃了不少苦头。以至于直到去年，朱丽叶才终于一时兴起，又生下了第六个孩子。那是个小女孩，看样子朱丽叶对这个孩子非常偏爱。

朱丽叶提议，带我去瞧瞧那个小女孩，并央求我做小女孩的教父。我有点惊讶，但还是答应了下来。我朝着摇篮弯下腰去，问："我的教女叫什么？"

朱丽叶轻声道："阿丽莎……你没看出这孩子跟她长得有点像吗？"

我没有出声，只是握住了朱丽叶的手。朱丽叶将小小的阿丽莎抱起来，交到我手上。

朱丽叶笑道："为什么你还不结婚呢？你一定会成为一个好爸爸的！你究竟在等待些什么？"

"我要先让很多事从我的记忆中消失。"

"你愿让它们尽快消失吗？"

"不，我愿让它们永远存留在我的记忆中。"

朱丽叶带着我进入一间很小的房间，她说："这是我家里最静的一间房。一有时间，我便会避到这里，将现实生活全都挡在外面。”

窗外是一座庭院，有绿树生长在其中，显然与其他面向市区的房间很不同。

朱丽叶坐到椅子上，同时招呼我也坐下。她说：“你是不是想一生一世只忠于阿丽莎一人？”

一段时间过后，我才答道：“应该这样说，我只想做她眼中的那个我……除此之外，我不知道自己还能怎样做。请不要因此将我看得多么伟大。如果我真的跟别人结了婚，便要天天用虚假的爱情欺骗对方。”

对于我的回答，朱丽叶并不在意。她看着地面，问道：“一份爱情，即便已经失去了所有实现的可能，你还是觉得它能在心里获得永生？”

“的确。”

“每天都会有现实的大风吹拂着它，可它却不会因此熄灭？……”

天色暗下来，黑暗笼罩着房中的一切，像是重新赋予了它们生命。从前的事情从它们口中倾吐出来。朱丽叶将阿丽莎房中的家具全都摆放到了这个房间，这一刻，阿丽莎的那间房又呈现在了我的眼前。朱丽叶面对着我，我只觉她十分美丽，尽管我甚至看不清楚她的脸。我们都陷入了沉默。

最后，她说：“是时候清醒过来了……”

她起身迈出一步，一下子又跌在了椅子上，好像非常疲倦的样子。她应该是哭了，因为我看到她将自己的面孔都埋在了手心里。

就在这时，女用拿着灯走进来了。